江戸っ子出世侍

葵紋の下命

早瀬詠一郎

コスミック・時代文庫

この作品はコスミック文庫のために書下ろされました。

目次

〈一〉初夜明けて

一

秋風が庭の欅《けやき》を揺すり、朝の陽ざしの中に葉を落としてゆくのが、障子ごしに映った。

「あ、そうか……」

峰近香四郎《みねちかこうしろう》は、いつもとちがう目覚めに気づいた。

──夢ではない。

確信したのは、夜具がふた組並んでいたからである。

身を起こし部屋を見渡したものの、香四郎ひとりだった。

寝ていた夜具が、かなり乱れている。自身が下帯をしていないばかりか、魔羅《まら》の先端が少しばかり汚れていた。

「…………」

赤く乾いたそれがなにか、分からない野暮な男ではなかった。

未通女《おとめ》が破瓜《はか》したしるしであり、破った張本人は香四郎なのだ。

犯したわけではない。きちんと祝言《しゅうげん》がなされ、幾久《いくひさ》しくと誓った上での初夜である。

新郎は旗本一千石幕府評定所留役《とめやく》の、峰近香四郎。

新婦は清華家《せいがけ》公卿《くぎょう》、故今出川《いまでがわ》公久《きんひさ》の娘で奈賀子《ながこ》。公家から旗本家への、降嫁だった。

決まっていたこととはいえ、昨日のことは生涯忘れられないだろう。

昨日、香四郎は今日が祝言ですと言われ、大紋《だいもん》に立烏帽子《たてえぼし》という珍妙な恰好をし、騎馬で番町の自邸に入った。

屋敷には、屎尿《しにょう》を運ぶ痩せ牛の曳《ひ》く御所車が置かれていた。

「乗物同様の、貧弱な姫君のようだな」

用人格の和蔵《わぞう》や家僕として働く臥煙《がえん》の政次《まさじ》と、気位ばかり高い干涸《ひから》びた公家娘がやってくるぞと、笑い嘆きあっていたのである。

できるなら、一日でも引き延ばしたかった。

ところが、いきなりの輿入《こしい》れは、青天の霹靂《へきれき》以外のなにものでもなかった。覚悟はと問われたなら、まったくございませんでしたと答えたろう。

表玄関に立ち姫君を迎えろと言われ、香四郎は渋々不動の姿勢で待った。

芝居の大道具方が作った安直な御所車からあらわれた公家娘を見て、香四郎は思わず声を上げた。

「おいま——」

奥向《おくむき》女中として上がっていた小娘が、十二単《ひとえ》に身を包んでいたのである。

峰近家の老女で用人のおかねは、今出川奈賀子さまにございますと、感極まってふるえていた。

香四郎は、なにがなんだか分からなくなった。これは祝言の前日稽古で、おいまが身代わりになっているのだと思った。

「用人に問う。祝言の日取りは、いつになる」

「大安の、本日でございます」

「嫁御《よめご》はどこに」

「殿さまの御前に」

「奥女中おいましか、おらぬようだが……」

眉をひそめた香四郎に、十二単の可憐《かれん》な乙女が莞爾《にっこり》と笑い返してきた。

「まさか。おまえが公家の――」

「はい」

夏空高く囀《さえず》る雲雀《ひばり》の声そっくりの返事が、大層華やいでいたことで、薄暗い屋敷の玄関がいっぺんに明るくなった。

老女おかねは進み出て、香四郎の前に両手をついた。

「殿さまには、ご無礼を致しました段、このとおりお詫び申します。奥女中おいまとは、仮りの名、今出川さま御息女奈賀子さまが本当の名でございます」

「なにゆえ、偽《いつわ》っていた」

「以前、申し上げましたが、姫さまは当家に入る前、大奥筆頭御年寄姉小路さまのもとにおられました。十二となられた折、都より下向されたのです」

四年前になる。先代の大御所と呼ばれた家斉《いえなり》公が薨去《こうきょ》した直後で、名実ともに将軍となった家慶《いえよし》付きの筆頭上臈《じょうろう》だった姉小路いよは、江戸城大奥での権勢を一身にあつめていた。

今出川家の娘を下向させたのは、姉小路の目論見《もくろみ》だった。

「おかねに問う。大奥には、十二の娘御がおるか」

「若くても、十五からとされております」

「なぜ、子どもを御城に上げた」

香四郎の問いに、用人おかねは祝言の前に不粋《ぶすい》な話はと、首を横にして婚儀に取り掛かった。

そのあとの礼式に関する一切が用人に委《ゆだ》ねられていたこともあり、香四郎は祝言のほとんどを憶えていない。

言われるまま席に着き、家中一同が居並ぶ前で畏《かしこ》まったときは、なんとなく照れくさかった。が、ここで記憶は途切れた。

逆上《のぼ》せて昏倒したのではなく、夢心地になったからである。

今夜から峰近家の奥方に、可憐で明るく見目うるわしい十六の女が納まるのだ。まさに、僥倖《ぎょうこう》だった。峰近家にではなく、香四郎にとって男冥利《おとこみょうり》に尽きると言えた。

奥向の女中に上がったとき、町娘のもつ可愛い色気と、凜《りん》とした品格がほどよく合わさっていたことに、香四郎は目を瞠《みは》っている。

江戸城大奥にいたというなら、おいまは武家の養女だったのではないか。それ

も器量を見込まれ、幼い内から武家にあれば、それなりの気品が身についている
にちがいない。
出世から遠ざかった幕臣の中には、養女を大奥へ差出すことで昇進を叶えよう
とする不届き者がいた。
おいまを見た香四郎は、それだったにちがいないと思った。そして、こう考え
た。
綺麗に仕上がった養女は大奥に上がれたものの、中年すぎの将軍家慶はオット
セイと呼ばれた精力あふれる父の家斉とちがい、大奥へ通わなくなっていた。
送り込んだ養父はがっかりしたろうが、引き受けた側も惜しいと思ったにちが
いなかった。
ふつうであるならおいまを城から下がらせ、それなりの大店《おおだな》へ嫁がせて逆持参
金をせしめるものだが、預かった姉小路はそれをよしとしなかった。
「これほどの娘、商人《あきんど》ごときには勿体《もったい》ない」
姉小路と峰近家用人おかねは、若いころから懇意の仲である。
「ひとまず旗本の、おまえのところへ」
江戸城大奥筆頭のひと言で、巡り巡って峰近家の奥向方となり、京の都から下

向する公家の姫君の御付女中《おつき》とされた。

いずれ行くは、それなりの身分ある家へと決められたのだ。それを、香四郎は狙っていた。

「密かに手を付けてしまおう……」

よからぬ魂胆ながら、貧相な公家女を迎えさせられる身である香四郎にとっての、計略だった。

「済まぬ。ほんの出来ごころだ」

手を付けてしまえば、元に戻すことはできまい。多少の非難は覚悟の上で、香四郎は予行の下稽古までしていたのである。

忍び入るための襖《ふすま》の開け方、おいまの口に咬《か》ませる手拭、家中の者への言い訳など、日を追うごとに完璧なものになりつつあった。

それらの一切が意味をなさないほどの幸運が、ころがり込んできたのであれば、夢を見ている心地になるのは無理もなかろう。

「お盃《さかずき》を」

用人のことばに、われに返った。

知らぬまに、この日に贈り届いた祝儀進物の品々が、金屏風の脇に置かれているのが目に入ってきた。

おかねが一つずつ、贈り主をあげていった。

「内裏《だいり》より主上《おかみ》さま賜与《しよ》、懐剣ひと振り。ご老中阿部伊勢守さまより、角樽ひと組。南町奉行遠山左衛門尉《さえもんのじょう》さまより、大鯛一尾。江戸城大奥筆頭御年寄姉小路さまより、櫛簪《くしかんざし》ひと揃え。またご老中松平和泉守さまより、馬一頭。これは和泉守さま中屋敷にてお預かり、とのことでございます。ほかにも祝儀は数多くいただいておりますが、省略いたします」

読み上げた用人は、横にいる和蔵に目《め》配《くば》せをした。

「用人格のわたくしよりも僭越《せんえつ》ながら、ひと品を贈らせていただきます」

一礼した和蔵は、帆影会《ほかげかい》からと言い添えて一挺《いっちょう》の短筒《たんづつ》を押し出してきた。

帆影会は長崎の町年寄だった砲術家の、高島秋帆《しゅうはん》を崇《あが》める有志たちのあつまりである。

かつて抜け荷商の大番頭だった和蔵も一員で、渡来物のあれこれに長《た》けていた。

香四郎は、新婦の前で左様なものをと眉をひそめたが、おかねは首を横にふった。

「奥方さまには、懐剣。殿には、短筒。どちらも護身のためでございましょう」

身を護るとは、自ら命を絶つことである。それは取りも直さず、おいまも武家に納まったことに通じた。

和蔵が新しい短筒の講釈をはじめた。

「銃身と申すのですが、以前よりお持ちの短筒より長くできておりまして、少し離れても命中いたします。さらに弾丸《たま》は――」

「これ、和蔵。さようなことは、後日になされ」

おかねに叱られ、和蔵は頭を掻いて引き下がった。

が、香四郎はこのときもまだ心ここにあらずだった。

公家流の婚礼では、花嫁は綿帽子《わたかぶ》を被ることなく、内裏雛《びな》そのものの姿で香四郎と並んでいるのだ。

それも女雛など比べようもないほど、生き生きと血を通わせている。

香四郎が横にいる活人形を、覗き見ないわけもなかった。

「殿さま」

用人おかねが窘《たしな》めても、聞こえないのである。

生涯一度の宴席であれば、人前で新郎を叱ることはできない。仕方なく、おかねは自分の膝にポンと音をさせた。

「ん。また盃か」

呆《あき》れ顔の用人は、憮然とことばを返した。

「天下のお旗本が、横目をお使いですか」

「済まぬ……」

「主《あるじ》たるお方が謝るのもまた、無作法に通じますえ」

どうすればよいのだと、香四郎は肩を怒らせ固くなった。

「ふっ」

甘い笑いが、新婦の口から洩れた。

ゾクゾクとしたのは香四郎だけでなく、宴《うたげ》に加わる和蔵や政次、町火消の辰七《たつしち》や御家人の寅之丞《とらのじょう》も同じようだった。

旗本峰近家に、とてつもなく赤い朱を点じてくれそうな奥方が、舞い降りてきたのである。感動を通り越した魂の震えが、香四郎たち男どもを熱くさせる祝言となっていた。

やがて祝儀膳となり箸をつけたはずだが、これまた記憶から失《う》せている。

夜が待ちどおしかったのではなく、いつもの夢ではないかと疑いはじめたからである。

頬をつねりたい。いや、夢なら覚めてほしくなかった。天にも昇る心地に値《あたい》する精進など、今日まで一つもしていない香四郎なのだ。褒美をいただけるはずなどなかろう。

――これは、嘘にちがいない。みなで仕組んだ悪戯《いたずら》としか、思えぬ……。

落ち込み、不安に打ちひしがれ、済まなさに身悶《みもだ》えし、刹那《せつな》の夢に縋《すが》りつくばかりとなっていた。

二

知らぬまに夜となったが、夢は覚めず祝言《しゅうげん》はつづいていた。

上座にいた者から順に、祝いのことばを言いながら去っていった。

老中阿部家の留守居役だの、奉行所の筆頭与力だのが次々と目の前を通りすぎてゆく。

どの顔も見たような見ていないような、そんな気がして夢の終わりを感じた。

「お湯を召されませ」

「飲むのか、湯を」

「いいえ、お体を清めていただきます」

「いや、止《よ》そう」

香四郎は夢が泡沫《うたかた》となって消える気がして断わったが、新郎が湯に入らずして新婦は入れませんと、おかねに諭《さと》された。

仕方なかった。湯殿へ入ったとたん「嘘です茶番でした」と、笑いに包まれるのだ。

湯殿の前で、婆さん女中ふたりが、香四郎の正装を脱がす。

「下帯は、ご自身で」

言われて解《ほど》いたものの、茶番だと乗り込んでくる者はいなかった。

それどころか、湯殿を出ても女中たちは真顔で傅《かしず》くままである。

顔は水で洗った。もとより下戸《げこ》の香四郎は、酔ってもいない。試しに頬もつねったが、夢は覚めないでいた。

おかねの先導で寝所《しんじょ》へ入ると、枕屏風の向こうに真新しい夜具が延べられてあった。それも、ふた組……。

茶番にしては、あまりに念が入っている。

敷居ごしに、おかねが両手をついた。

「この後《のち》は、殿さまにお任せをいたします。幾久《いくひさ》しくの契《ちぎ》りごとにて、朝廷と幕府が合一《ごういつ》となるのでございます。よろしゅうに――」

去ろうとした用人へ、香四郎は思い出したとばかり問いただした。

「大奥の姉小路さまが子どもの姫を、なにゆえ下向させたかを、聞かせてくれぬか」

「初夜を前に、さような話は不粋《ぶすい》きわまりますゆえ、いずれ」

いつもの峰近家ではなかった。

毎夜なれば、七婆衆《しちばばしゅう》と呼ばれる女中たちの茶菓を頬ばる音と、おしゃべりが聞こえるのは夜ごとのこと。ときに七人の中の誰かが三味線を爪弾いて、下手な端唄《はうた》が聞こえたりもした。

が、今夜ばかりは、水を打ったほどに静まり返っている。

夢ではなかった。しかし、と考えた。茶番というなら、どんな仰天《ぎょうてん》が用意されているのだろう。

大身の旗本が狼狽《うろた》えては笑われると、香四郎は丹田《たんでん》に力を込めた。

思いついたことがあった。行灯《あんどん》の火をいっぱいに明るくすれば、仕掛けが見えてくるはずだ。

行灯だけでなく燭台《しよくだい》も引き寄せ、灯芯《ほしん》を掻き立てようとした。

「あの。明るすぎます……」

雲雀《ひばり》の囀《さえず》りが、どこからともなく香四郎に届いた。空耳ではないようだ。

「――――」

部屋を見まわしたが、姿は見えない。奥のほうの襖《ふすま》が四半分ほど開いて、顔を出したのは用人おかねである。

「やはり用人、おまえであったか。どうも話が上手すぎると思った。昼下がりの宴《うたげ》は、やはり祝言を前の下稽古ということか。酷《ひど》い茶番だぞ、おかね」

「なにを仰《おお》せです。奥方さまが、恥ずかしがられておられますえ」

「奥方とは、お前のことか」

「いいえ。こちらにおいでの、なが姫さまでございます」

用人のことばに呼応して、枕屏風からおいまが顔を覗かせた。

花盛りの牡丹《ぼたん》か芍薬《しやくやく》を見るような、花の顔《かんばせ》としか言いようのない面差《おもざし》が、冷めてしまった香四郎の身内を熱くさせてきたのはまちがいなかった。

「お殿さまは、夢とお思いになられたやもしれませぬが、正真正銘あるがままと申し上げます」

「どうぞ姫さまのため、灯《あか》りをお消しあそばすよう、奥方付き老女のねがいを、お聞き届けくださいませ」

冗談とも皮肉とも思えない用人の物腰が、真に迫っていた。

「おかねは用人であり、老女でもあるか――」

「はい。では、今宵《こよい》はこれにて」

奥の襖が閉じられ、老女は芝居の黒衣《くろこ》のごとくいなくなってしまった。

香四郎は点《つ》けた火を消しながら、奥方おいまから目を離さないでいた。

夢に終わってほしくなかったからである。

公家の今出川の姫であっても、香四郎にとっては小娘おいまでしかなかった。

火をおとした桃色の行灯が、くっきりとした娘の顔だちに、匂い立つほどの陰翳《かげ》を映しだしてきた。

触れるのも畏《おそ》れ多いかと、一瞬の躊躇《ちゅうちょ》に手を止めた香四郎である。

まことに高貴な、それでいて妖艶《ようえん》で汚《けが》れのない女を前に、一千石の旗本は新妻の裾《すそ》を割る手をふるわせてしまった。

傷つけることなく丁寧に扱わねばなるまいと、それだけを心がけたのは言うまでもない……。

気を遣いつづけた初夜の床入《とこい》りは、新郎の香四郎を疲れさせ、いつもとちがう遅い目覚めをもたらせたのである。

「お目覚めにございますか」

少し恥ずかしげな、鈴をころがしたような声は、まぎれもなくおいまだった。高めに結《ゆ》い上げた丸髷《まるまげ》は重そうだが、濃い眉の黒目の勝った顔に、よく似合っていた。

「丸髷が、似合っておる」

「えっ」

新妻は両掌《りょうて》で、自分の頰を挟んだ。

「小娘のようにも見える。おいま――」

言ってしまって、香四郎は床の上にすわり直した。

「ご無礼を、申し上げた。奈賀子姫さまであられましたな」

「いいえ。峰近家に嫁いだ小娘でございますれば今までどおり、おいまと呼んでいただけと、老女かね子が申しております」

「奥方を、おいま。用人おかねは、老女かね子と申すようになるか」

「はい。武家ふうに、いまと呼んで下さいませ。とうに都の公家を出てしまった身にございます」

三つ指をついて顔を傾げる様に愛嬌がうかがえ、町なかの小町娘のようでもあった。

香四郎は冷飯《ひやめし》くいの時分から、市中の髪結床や湯屋に出入りし、武家と町家《まちや》の差を見てきた。

その中で最も異なったのが、妻女と女房のちがいだった。

武家の妻女は、ひたすら耐えて見せる。一方の町家の女房は、どこかで堪忍袋の緒を切らした。

これは仲の良しあしとか、貧富のちがいではないばかりか、養子であることも、身分差によるものでもなかった。

気まずくなったとき、あるいは言い争いのあと、武家では妻女が陰《いん》にこもるが、町家の女房は最後に陽となって笑える者が少なくないのだ。

香四郎の思う堪忍袋とは、怒りの爆発ではなく、折りあいの付け方に近いものになっていた。

正しく言うなら、堪忍袋を弛《ゆる》めることなのかもしれない。ところが武家の妻女は、笑って終えることを無作法とする風習に搦《から》めとられているのではないか。

香四郎の妻女、いまには飛びきりの笑顔がありそうだったのである。

「幸先のよい朝を迎えたようだ。顔を洗って参るか」

「今朝ばかりは、湯殿へ」

頬を染めて、おいまはうつむいた。股ぐらの汚れを、落としてこいとのことらしい。

寝巻の前を合わせ、香四郎は部屋を出た。

おかしなことに、峰近家の者を一人も見ずに湯殿まで来てしまった。

——その朝《あした》というのは、二人きりにさせるものなのだろうか……。

湯船につかりながら、これからのことを考えた。

公卿《くぎよう》のいる伝奏《でんそう》屋敷の諸大夫《しよだいぶ》でありながら、幕府評定所の留役を仰《おお》せつかってしまった。

加えて岳父は、公卿である。

朝幕の合一をとの目的から仕組まれた縁組だが、香四郎には足枷《あしかせ》となりかねないものだった。

「公家よりの降嫁なれば、峰近は勤王の志となるぞ」

「いやいや。出世を大願とする新参旗本は、朝幕を巧みに使い分けて見せ、二重の間者《かんじゃ》となるはず。大事な話は、やつへは慎しまねばなるまい」

上役《うわやく》から配下の者まで、遠ざかるのはもちろん、美目うるわしい妻女《めと》を娶ったことで、嫉妬までもたらすのではないか。

考えるだに、憂鬱《ゆううつ》となった。

秋も深まりつつある中で、湯がぬるくなってきた。

焚き木をと言おうとしたが人のいる気配はなく、さっさと出てくれとのことらしい。

着替えの用意はなされてあるものの、手伝う者はいなかった。

居間に入っても、途中の廊下にも家人の顔ひとつ見えない。

祝言の翌朝は、いつもとちがう膳をつくっているのかと台所を覗き込んだが、そこにも人の気配はなかった。

月代《さかやき》を剃ってほしい香四郎は、おいまに頼むかと寝所《しんじょ》に戻った。

「いま、どの。わたしの月代をねがいたいのだが」

「敬称は無用です。どうか、いまと呼び捨ててくださいませ」

「左様なれば頼みたい、おいま。剃刀《かみそり》を使えるか」

「はい。髪を剃ることに馴れております。御城の大奥で、上臈さま方の襟足《えりあし》などをやっておりました」

「そなたは姉小路どのの下で、働かされていたのか」

「いいえ。養女の扱いを、していただいておりました」

「しかれど、襟足など剃れと命じられておったのであろう」

「この先々ともに暮らす中、ご主人さまへ耳の痛い話をいたす折があろうかと存じます。申しても、よろしいでしょうか」

少しばかり威儀を正し、おいまは目を向けてきた。

「なんなりと」

「ご主人さまは、部屋住《へやずみ》の身でございました。よろしくなかったとは申しませぬものの、分際《ぶんざい》なることばはご存じでございましょう。身分とは異なりますが、人が人をどこまで信じるかに通じることとです」

おいまは格式あるお方さまたちの習いとして、下女や下働きの者に刃物を持たせ、肌に触れさせることはあり得ないと言い切った。

穢《けが》れているとされるからではなく、寝首を掻かれる懸念がどこかに残っているのだという。

「冷飯くいであったわたしは、斬られるなど思いもしないほど間抜けだ」

「泰平の今は、存じません。髪結など、町なかの床屋のほうが巧《たく》みでしょう。では、ひとつ大奥流で」

立ち上がって手桶に湯を運び込んできたおいまは、香四郎の頭を手拭で湿らせた。

背後に寄り添う新妻の腹が、湯で湿らせた頭よりも温かく感じた。

「おいまなれば、首を差出してもよい」

「まぁ、大袈裟《おおげさ》な。なれば参ります」

剃刀の冷たい刃先が、首筋にまで伝わってきた。

「ひと思いに、掻き切れ」

香四郎のことばに、おいまは後ろから抱きついてきた。

「いずれ、夫婦《めおと》心中のときに……」

耳元で囁《ささや》かれたひと言に、香四郎は酔った。できたての夫婦ではなく、駈落ち心中する男女のように聞こえたからである。

なんということもなく、香四郎はお道化《どけ》たくなった。が、動くわけにもいかず、ニィと笑った。

やがて湿らせた頭に、シャッシャと剃刀が滑ってきた。町場の髪結ほどの達者な手際と分かったのは、短い頭髪が小さな塊《かたまり》となって落ちたときだった。

「なるほど。御城の上臈がたは、おいまに頼んだわけだ」

毎朝こうしてくれるのかと、香四郎は目を閉じ、背ごしに伝わる温もりに浸った。

刹那《せつな》、後ろ手についた香四郎の指先が、おいまの足袋《たび》に触れ、引き寄せたくなったのは若気ゆえだろう。

「床《とこ》に入るか……。い、痛いっ」

香四郎の指は、おいまに強く踏まれていた。

「明るいではございませんかっ」

「今朝から家の者を、目にしておらぬゆえ」

「お邸《やしき》の皆さんは、床下《ゆかした》にお集まりのようです」

「床下と、申したのか」

「例の、物騒な品物の処分を相談しておるのです」

「知っておるのか、物騒なあれ――」

思わずふり向いた香四郎の顔は、おいまの手によって剃刀を使っている最中ですと戻された。

「老女かね子に、聞いております」

「……………」

返答のしようがなく、香四郎の目は泳いだ。

「たった今わたくし、申し上げました。ふたりで心中の折に、と。昨日の誓いのことばを、憶えておいでですか」

「あっ――」

確か昨日の祝言で、用人が死によって分かつまで二人は共にあるとか、宣託のようなことばを口にしたのが、うろ覚えだが甦《よみがえ》ってきた。

悲壮な誓いに聞こえたが、香四郎には戦国武将への輿入《こしい》れを思わせ、嬉しい気がしないでもなかったのを憶えている。

が、考えるまでもなく、大きな水甕《みずがめ》五つ分もの火薬《ひぐすり》の上で暮すのである。並大抵な覚悟では、降嫁できるはずなどないのだ。

「そなたは都の主上《おかみ》の意向で、床下の物を死守せんと――」

「あらぁ、とんだ勘ちがいをなさる旦那さまですね」

「旦那さまと、わたしを呼ぶか」

「お嫌《いや》なら、こちの人とでも」

「いや、旦那が嬉しい。しかし、勘ちがいとはなんだ」

「公家の娘が旗本に嫁ぐのに、悲壮な覚悟などございません。床下の水甕は、昨日教えられましたのです」

「怖くはないか」

「旦那さまと、ご一緒である限り」

おいまは剃刀を片づけると、微笑みながら明言するべく、両手をついて畏《かしこ》まった。

「――――」

「申し上げておかねばならぬことが、ございます。わたくしの、出自《しゅつじ》を」

香四郎の前で居ずまいを正したおいまは、十二となった正月に京の都から江戸城大奥に上がったときの話をしはじめた。

三

下向《げこう》の名目は、今出川家から将軍側室にとの含みだったという。

どのような目論見《もくろみ》で幼い奈賀子に白羽の矢が立てられたか分からないが、江戸城では筆頭御年寄の姉小路預《あずけ》とされた。

将軍お目見得《めみえ》が叶ったおいまだったが、さすがに十二歳ではお手付きにはならず、月日はいたずらに過ぎていった。

「その話なら、五十すぎになられた上様はあちらが駄目になっていたと、聞いておる」

「いいえ。上様はいまだ、あちらのほうもご健勝にあられます。江戸城の大奥と申しますところは、女の戦《いく》さ場としか言いようがございませんのです……」

将軍という王将を、いくつかの派閥が取り合うところと化してしまっていた。

とりわけ先代将軍家斉公がオットセイであったがため、この争いは熾烈《しれつ》をきわめた。

正室である御台所《みだいどころ》様の都《みやこ》派、家斉が寵愛《ちょうあい》した専行院《せんこういん》お美代《みよ》の方《かた》さまの流れを汲む法華《ほっけ》派、これに御三家と御三卿が後ろ楯となった九重《ここのえ》派の三つが、次の覇権を争いはじめたときだった。

「各派に、名が付いていたか」

「はい。御台所様は公家の出ゆえ、都派。専行院さまは父上が日蓮宗の僧侶でありましたので、法華派。九重派の名は、御三家と御三卿で三三が九です」

「面白いな。しかし、女《お》なご同士の争いは、嫉妬、意地悪、足の引っぱり合いと、目に余るほど陰湿であったろう」

「そのおことば、殿方同士のほうがそれ以上でございます」

「確かに……。男のほうが性質《たち》がわるい」

十六でしかない新妻の瞳が、きれいに澄んでいるのを見て、夫は戸惑った。気位《きぐらい》の高い公家に生まれ、大奥という囲いの中ですごしてきたというのに、この悧発《りはつ》ぶりに香四郎は舌を巻いた。

アホウと鳥にまで馬鹿にされる旗本には、これくらい出来る妻女が必要と、用人おかねは考え抜いたのだろう。

並の侍用人にはない老女の着想を、感謝するしかなかった。

「御城の奥向の話など、退屈でございますよね」

「いや。おいまの聡明さに、しばし感嘆していたのだ。上様とて、十五をすぎたそなたを見たなら、手をお付けになったろう」

「まぁ大層な褒めことば、ありがたく頂戴しておきます」

莞爾《にっこり》と笑う目元と口つきが、商家の箱入り娘のようだった。

——この穢《けが》れない悧発な娘を、昨夜わたしは……。

「それもこれも、公家の禄高が低く貧しいゆえの降嫁であったか」

「えっ」

首を傾《かし》げる姿が、怪訝《けげん》そうに見えた。

「公家の禄は低いゆえ、千石の峰近でも台所の足しになるのであろう」

香四郎が気の毒そうに眉をひそめると、おいまは口に手を当てて笑った。

「今出川は、当家より上にございます」

「なるほど格は相当に上であろうが、家禄は——」

「千六百五十五石をいただいており、摂家の鷹司《たかつかさ》さまの千五百より多《おお》ございますよ」

「——。わが峰近より、六百石も……」

菊亭《きくてい》ともよばれる今出川家は、五摂家に次ぐ家格で、二百石ほどが並とされる公家の中では、図抜けた家禄にも支えられているという。

「ご無礼ながら、京の実家への援助は無用とさせていただきます」

「は、はい」

代々正二位《しょうにい》で大臣にも列する今出川家には、この先いくらかでも香四郎の尻拭いをしてもらうとの含みがあった。その見返りとして、旗本知行の一部を仕送ることだと、香四郎は信じていた。

用人に裏切られたわけではないが、釈然としないしこりのような後味のわるさが残った。

阿呆《あほう》であっても、女どもに踊らされていると思うと、情けなくなってきた。

「いかがなされました。お顔に、翳《かげ》りが……」

「なんの。おいまどのが気の毒と申すのか、なにもかも格下の、わたしごとき男の元へ――」

「おいまどのではなく、いまと呼び捨てなさいませ」

落ち込みつつあったところに叱られた香四郎は、背すじが伸びてしまった。

「す、済まぬ」

「徳川の旗本ともあろうお方が、女房に謝るのですか」

「にょ、女房と申したか……」

「なりませんか、当家では」

「女房とは、町家での呼び方である」

「いいえ。内裏《だいり》に仕《つか》え、お房《へや》をいただける女は上﨟中﨟を問わず、女房です」

「それはよいことを聞いた。女房おいま、堅苦しくなくていい」

香四郎は冷飯《ひやめし》くいの部屋《へや》住《ずみ》時代、市中の町人たちとの付合いが多かった。肩肘を張らず、思ったままを口にする女がいた。そこで色々なことを学び、身につけることができた。

すべてがよいとは言わないまでも、旗本同士の交わりに度々あった体裁を繕《つくろ》うことがなかった。

もちろん商家には、ときに嘘しか口にしない者もいた。が、気安いことにおいては、町人世界のほうを好んだ香四郎である。

「女房がまた孕《はら》んじまってよ」

「かみさんに、女郎からの付文《つけぶみ》を見つけられてさ……」

他愛ない呼び方だが、武家が妻がとか室はと言うのに比べ、実《じつ》がこもっているように勝手に思ったからだった。

「では、わたくしは殿さまをなんとお呼びいたしましょう」

「殿とか主人と、外の者に向かって申すのは仕方なかろうが、わたしには香四郎でよい」

「香四郎さま、ですね」

名を口にされてムズムズしたとき、朝餉《あさげ》の仕度が調《ととの》っていますとの声が敷居ごしに聞こえた。

「参りましょう。老女と七婆衆が、今朝は格別のお膳を用意したそうです」

「七婆などと申して、よいのか」

声を落とした香四郎は、どこからともなく投げつけられるであろう濡れ雑巾から女房を守るべく、周囲に目を配った。

が、雑巾も壁を叩く音ひとつもなく、寝所を出ることができた。

四

香四郎の前に立ちはだかるようにして膝をついたのは、峰近家の用人であり奥向の老女かね子である。

「本日より名実ともに、当家の十一代目となられましたこと、おめでとうございます。つきましては夫婦《めおと》お揃いで、まずはお仏間に伺候を」

「そうであった。ご先祖への、挨拶をせねば。ところで、おかね。いや、かね子どの、わたしが十一代目とは知らなんだ」

気まずくなると、おかねと呼べずにかね子となってしまう香四郎だった。おいまが笑っていた。

「過去帳を見まして、大坂夏の陣に出征された峰近重左衛門《じゅうざえもん》さまを、初代と致しました」

「聞いておる。陣中で縦横無尽の働きをなされ、旗本に列したと」

「と申しますより、小荷駄《こにだ》奉行配下の与力として、握り飯や鉄砲玉の補充に活躍なされたようでございます」

「……。腹が減っては、戦《いく》さもできぬからな」

仏間には家じゅうの者が揃って、ふたりを迎えた。

「おはようございます。改めまして、家中一同ご祝言《しゅうげん》を寿《ことほ》ぐべく、あつまりました」

用人格の和蔵の合図で、全員が両手をついて頭を下げた。

「めでたいな。本日より一人増え——、いやいや人数《ひとかず》は変わらぬのであった」

奥女中とされていただけで、おいまは香四郎の女房に納まっていたのである。

みなが嬉しそうに笑い、仏間の重々しさから解き放たれた気がした。

「仏壇のお位牌《いはい》も、寿いでいらっしゃいますな」

和蔵らしい軽口に、女中頭《がしら》のおふじが仏壇の脚を揺すった。位牌が少し動いて、一同が揃って微笑《ほほえ》んだ。

が、大勢いるにもかかわらず、寒かった。

初夜に裸でいたことで、風邪をひいたかと気恥かしさが先に立った。

見ると、火鉢ひとつない。十月の初冬である。もう炭を吝嗇《けち》る旗本家では、ないはずだ。

仏壇を見上げて、気づいた。

燈明《とうみょう》は立っておらず、やたらと花だけ飾られていたのである。

——そうか。床下《ゆかした》に江戸じゅうを火の海にしかねない火薬《ひぐすり》が、眠っているのであった……。

香四郎は膝で一歩二歩と躙《にじ》り、仏壇に手を合わせると深く一礼をした。

「祖代々にあらせられては、まことに不調法なる御守役《おもりやく》をねがっておりますこと、この峰近香四郎かように詫びる次第。いずれ床下のものは持ち出しますゆえ、今しばらくの御辛抱をねがいます」

ふたたび居あわせた全員が、頭を下げた。

「ご先祖さまより、生きているわたくしどもが大事。長居は無用、仏間よりお暇《いとま》しましょう」

用人おかねのひと声で、一同は立ち上がった。

移った先は台所で、竈《かまど》の火が赤々と燃えているので暖かい。そこへつづく板ノ間に、朝の膳がこしらえてあった。

「昨年まではわたし一人ここで飯を摂《と》っていたゆえ、不思議とは思わぬ。しかし、所帯を持つ身となってからもとなると――」

「殿。万が一を考えますなら、火の用心が第一でございます。お武家それも旗本のお邸《やしき》で夫婦揃って膳を並べるというのは、むしろ結構なものでしょう」

和蔵のことばどおりである。台所に通じる板敷ノ間に、一対の高脚膳《たかあしぜん》が火鉢を挟んで置かれていた。

夫婦に限らず、親子であっても武士が女と箸を一緒にとることなどあり得ないことなのだ。

冬になったものの、やたらと火を使えない峰近家だからこその並び膳は、少しばかり照れくさくはあった。

ただし、長屋の町人のように、しゃべりながら箸を取れないのは仕方あるまい。

「さて。代わりにというものでもございませんが、わたくしめが用人としての報告を申し上げます」

用人兼老女のおかねが、居ずまいを正して口を開いた。

「九条家諸大夫、峰近主馬《しゅめ》香四郎さまは、本日より正六位上《しょうろくいのじょう》にご出世なされましてございます」

「――――」

そうなるかと分かっていたつもりの香四郎だが、すぐ上の従五位下《じゅごいのげ》は小大名と同格であり、幕臣でいうなら南町奉行の遠山左衛門尉と肩を並べることになるのだ。

去年の今ごろの香四郎は、腹が空くと町へ出向いて屋台の夜鷹蕎麦《よたかそば》をかっ込んでいたのであれば、天と地ほどのちがいになる。

居ならぶ者たちは一様に感嘆の息をつき、笑顔を見せた。

が、香四郎の働きによる昇進ではなく、新妻おいまの実家の力に負うものであったろう。

素直に喜べるほど、香四郎は能天気ではない。苦虫を噛みつぶすとまではいわないまでも、口をねじ曲げた。

「殿さま。かたちばかりとお思いでしょうが、いただけるものは遠慮のう頂戴し、その位に遜色なき働きをなさりませ」

「そうであったな」

香四郎は用人の金言を、真顔で受けた。

おいまの顔を上目《うわめ》づかいで盗み見て、平然と変わらないことに安堵した。

一同の者たちを見まわしても、嘲笑《からか》う顔はなかった。七婆衆も用人格の和蔵も、である。

歯に衣着せぬ臥煙の政次は目で追ったが、どこにも見あたらなかった。

「政《まさ》がおらぬようだが」

「ときどきは見附の火消屋敷へ顔を出さないと忘れられてしまうとかで、四谷見附の棟梁《とうりょう》のところへ行ってます」

「左様であった。冬ともなれば、火消の出番もあるのであろう。峰近家の下男として使っては、世間に対し済まぬな」

旗本として無頼の臥煙とはいいながら、留め置くのは申しわけないと言っている最中に、政次の声が玄関口にした。

「えれぇこってすっ」

同時に、弱々しい猫の鳴き声が重なった。

「――――」

午《ひる》まえだが、初冬の火事は考えられるのだ。和蔵を先頭に、女たちが声のしたほうへ向かった。

「あれまぁ」

婆さんの明るい声に、弱々しい泣き声が被《かぶ》さってきた。

女中頭おふじが走り込んでくると、なんとも言い難い顔を香四郎に向けた。

「どうした。赤子の泣き声のようだったが」

「政さんが当家の御門《ごもん》脇で、赤ん坊を」

「捨て子、か」

香四郎のことばに立ち上がったのは新妻で、怖い目を向けてくるのが不思議にだった。

どやどやと女どもが戻って、力なく泣く赤子の世話をしはじめた。

「お粥《かゆ》を炊かなきゃ」

「襁褓《おむつ》、あるわけないわね」

「それより、貰い乳《ぢち》をする人を見つけないと……」

子どもを産んでいるいないに関わらず、婆さんたちの様子は手馴れたものだった。

おいまが一人、取り残されたのは無理もない。どうすることもできないでいる
のは、香四郎にもわかった。

「政次さん。子どもを置いた人を、見なかったのですか」

「へい。あっしが帰って参りましたとき、はじめ気づかなかったのでございます。

耳門《くぐりど》を入りまして、二歩ばかり進んだら泣き声が」

言いながら政次は赤子が着ていた御包《おくる》みを、おいまに差し出した。

「安物ではないようですね。あら剣《つるぎ》」

御包みの下に小さな剣を見つけ、おいまは取上げた。

かたちばかりの懐剣は、玩具《おもちゃ》だった。

「おふじ。赤子は、娘かしら」

「はい。女です」

「武家の子でしょうね」

言い切った新妻の鋭い目が、香四郎に向かってきた。

「旦那さま。心あたりはございませんか」

「わたしに友と呼べる侍はおらぬし、腹が迫《せ》り出ていた女も……」

「貴方《あなた》ご自身に、思いあたるふしはありませんかと、申し上げているのです」

思いもしなかった強い口調が、おいまから発せられた。

「も、もしや、捨てられた赤子の父親《てておや》が、わたしかと――」

「ちがうと断言できますか」

「えっ」

香四郎が孕《はら》ませ、産み落とした女が泣く泣く邸の門口に置いたと疑いの目を向けているのである。

十月十日《とつきとおか》前というと、今年の正月をすぎたころであり、香四郎は長兄の計らいで御家人の養子になったときだった。

祝いと称し、両替商が吉原で廓《くるわ》をおごってくれたことを、鮮明に憶えている。

――滅多なことで、花魁《おいらん》や女郎は孕みはしない。万に一つ孕んだ場合でも、それなりの始末がなされるのが廓であるはず……。

岡場所《おかばしょ》や宿場の飯盛女《めしもりおんな》ともいたしていたが、身を売る女は客の男へ厄介な尻を持ち込んだりはしないものである。

しかし、隠れ切支丹《きりしたん》と思われた女浄瑠璃の一座の女と、一夜限りの契りを結んだ記憶が甦《よみがえ》ってきた。

——まさか……。

おいまが手にする御包みの中を、香四郎は念入りに調べた。縫之助《ぬいのすけ》と呼ばれていたイメス信者が産んだ子なら、どこかに十字の印があるはずだと思った。

「ない。どこにもない」

「香四郎さま。なにがないと、仰言《おつしや》るのです」

「わたしの子であるとの、証《あかし》はないようだ」

「ほんとうですか。そうですか……」

今度は残念そうな口ぶりとなった新妻を見て、香四郎は分からなくなってきた。

政次も瞬《まばた》きもせず、おいまを見つめたまま口をあんぐり開けている。

嫉妬ではなかったのかと、香四郎は訝《いぶか》しんだ。

「おいまに訊《たず》ねたい。そなたの言いようは、夫のわたしの子でないことにガッカリしているように聞こえるのだが」

「はい。いささかの落胆を、おぼえています」

平然とうなずく新妻に、香四郎は喉の奥に魚の骨を詰まらせたような引っかかりを感じた。

「な、なにゆえ」

「武家は血筋こそ第一、ちがいましょうか」

「そのとおり。しかし、捨て子はどこの馬の骨とも――」

口にした香四郎は、後悔した。生まれ出た子に、身分があってはならないはずだった。

「旦那さまに申し上げなければなりません。わたくしとの、これからのこと」

おいまが深刻な目を向けてきたので、香四郎は居ずまいを正した。

「先々の我らが、どうなると申す」

「わたくしは公家の娘として、生まれ育ちました。ご承知かどうか、京の都からは毎年のように武家へ輿入《こしい》れがございます」

「うむ。将軍家をはじめ、御三家も大名家にも、公家より嫁御《よめご》、いや正室を迎えている」

「申し上げたいのは、その先でございます」

「先、とは」

「すべてとは申しませんが、ご正室となられた方々の多くは、虚弱……」

言い淀んだおいまに、合点《がてん》がいった香四郎である。そこで思わず、言わずもがなのことばを吐いてしまった。

「石女《うまずめ》か」

「はい。側室に産ませた子を、わが子として育てることになります」

「辛《つら》かろうな。それと峰近家とは、別と思うが」

「どうでありましょう。わたくしも、公家の娘です」

「そなたは健勝ではないか。案ずるものでもあるまい」

「病気知らずと、子ができないことは、関わりないのです」

「――――」

おいまが香四郎の孕ませた子ではないと知って、少し落胆したふうを見せた理由が、ようやく分かってきた。

武家に降嫁するとは、かくも過酷な覚悟をするのかと、香四郎は十六でしかない新妻の顔をまじまじ見てしまった。

「おかしいでしょうか」

「いいや、立派だ。わたしには、過ぎた妻女である」

「殿さまには、過ぎたというより、もったいないとのことばが当てはまりましょう」

傍《かたわら》にいたのは、おかねである。横から口を挟まれ、香四郎は二ノ句を継げなくなってしまった。

そうこうする内に、貰い乳をしてくれる女がやって来たり、襁褓が縫い上がるなどの仕度がなされていた。

「殿。ひとまず二、三日は当家で預かることに、いたしませんでしょうか。子どもを置いていった者の気が変わって、あらわれ出てくるかもしれませんです」

顔を出した和蔵の口ぶりが温かく、誰をもうなずかせた。

五

婚礼の祝いであると、香四郎には祝言《しゅうげん》の当日を含め三日の間、休みが与えられていた。

ところが、捨て子という珍客の到来は、峰近家中をてんてこ舞に陥れつつあった。

政次と七婆衆は交替で門口を見張り、捨て置いた女があらわれるのではと身を潜めた。

初冬ともなれば、寒さが身に沁みてくる。といって、千石の旗本邸に番小屋まではない。とりわけ婆さんたちが四半刻《しはんとき》もして交替してくれと言い出したのは、無理もなかった。

乳房をあてがってくれる女は自分の子も連れてきていて、この赤子は生まれて二十日とは経っていないはずだと話した。

おいまは捲《まく》り上げた瑞々《みずみず》しい二の腕を朝の光に輝かせながら、昨日きたばかりの赤ん坊を抱き上げた。

「半月ほどは、産みの親が育てていたのですね」

しんみりとつぶやいたおいまは、我が子のように赤子を抱いたつもりだったが、大泣きをされた。

「……。わたくしなんかじゃ、母親の役は務まらないのかもしれません。うちの女中衆だと、泣かないのに」

目を伏せて赤ん坊を貰い乳の女に渡したとき、そうではありませんよと言い返された。

「奥方さまとわたしのちがいは、開けた口でございます。鉄漿《かね》を、お付けになっておられませんですから」

お歯黒とも言う鉄漿のことが、気になっていたのは香四郎だった。

「教えてくれ。公家の娘は、妻となっても鉄漿を付けぬのか」

訊かれて、おいまは首を傾《かし》げた。

「なにを仰《おお》せでしょう。伝奏屋敷にご出仕《しゅつし》されておられるのなら、公卿《くぎょう》さまが主上《おかみ》の前では必ず歯を染めるとの話、お聞きではありませんか」

「うむ。牙《きば》を向けませんとの、約束事のようなものだと」

「町家《まちや》のおかみさん方は存じませんが、鉄漿付けは決まりではないはずです」

「そうなのか、おふじ」

女中頭《がしら》に目を向けると、笑って黒い口を開いた。

「お殿さまには女の付ける鉄漿の本当の意味が、今ひとつお分かりではないのでしょう」

「歯を染めるのは、所帯をもつ女であることと、夫に牙を見せぬの意ではないのか」

「とぉんでもない」

声を上げて答えた女中頭は、そうですよねとおいまを見込んだ。

「わたしは夫を持ちましたという女の慣わしだと、聞いておったが」

「女の、色でございますですよ。お殿さま」

「色。よく分からぬな」

「殿方を惹きつけるための、色なんですってば」

おいまが蓮《はす》っぱな物言いをしたので、香四郎はまじまじと見返してしまった。

新妻は頰を染め、おふじに助け舟を求めた。

「いけませんですよ、お殿さま。若奥さまを恥ずかしがらしちゃ。暗い閨《ねや》の中での、お話でございますすって」

閨と言われて、香四郎は気づいた。

「なるほど、左様な理由であったのか。確かに、色を増す……」

夜に限らず、北の隅にある納戸《なんど》や商家の蔵など、日がな一日暗いところは多い。女がそこで白い歯を見せては、狼《おおかみ》の牙に見えてしまう。

やはり抱く女には、従順であってほしい。が、おふじたち七婆衆も用人のおかねまでも、歯を染めているのだ。

「すると、おふじ。おまえにも、亭主のような男がいるのか」

居あわせた女たちが、一斉に笑った。

顔をしかめた用人おかねが、呆《あき》れた声を上げた。

「なんぼ女やからと、いつまでも古狸《ふるだぬき》と乳繰《ちちく》りおうておられますかいな。婆さんの鉄漿付けは、黄ばんだ歯を隠すためでおますがな」

千石の大身旗本家に暮らすなら、歯を染めるのも作法の一つだということらしい。

「左様であったか。不見識なわたしは、羞《は》じ入《い》るばかりだ。そこで今ひとつ、教えてほしい。おいまは、眉を剃らぬようだが」

香四郎が新妻を見ると、にっこりと微笑み返してきた。

「旦那さまは、眉のないほうがお好みですか」

「そう問われてもなぁ……」

「では、こうしてみましょう」

言いながら懐紙を取り出したおいまは、細長く折って眉の上にあてた。

「うぅむ。大人びて見えなくもない」

「どちらが、お好みですか」

「十六の若妻なれば、今しばらく眉のあるほうがいい」

眉も歯と同様、艶立《つやだ》てるための女にとって、武器なのかもしれない。

長屋の女房で眉のあるのは、ずぼらだとばかり思っていた香四郎だが、また一つ勉強をした。


朝の膳が片づけられても、捨て子を尋ねてあらわれる者はいなかった。

おいまは自分が育ててみると言ったが、用人は頑《がん》として拒んだ。

「殿さまの胤《たね》では、ないのですよ。それぱかりは、なりませぬ」

「ご用人さま。となりますと、この子はどこへ」

和蔵のことばに、香四郎が答えた。

「決まりでは、奉行所へ申し出て判断を仰《あお》ぐのだが、武家それも幕臣で奉行所へ行ったとの話は、耳にした憶えがない」

「ほとんどが暮らしに困ってのことでしょうから、町家では子のいない夫婦者のところへ里子となります」

ところが、武家に貰われるとは思えないと、和蔵は言い添えた。

そこへ膝を乗り出したのは、女中頭おふじである。

「思い付きではございますけど、おつねさんが奉公に上がっていたのは、かぶと屋さんでした。ご用人さまは以前よりかぶと屋さんと、って仰言《おっしゃ》っておられたですよね」

「おふじ、よくぞ思い付きましたね。おつねを、ここへ」

用人の左右の口元が上がり、目の奥を輝かせた。おかねは企《たくら》みを秘めているようだった。

香四郎はまたぞろ出しに使われるかもと、恐る恐る口を開いた。

「かね子どの。武家と懇意ではあろうが、兜《かぶと》屋となると、当家に武具を山と積み重ね、床下《ゆかした》の甕《かめ》を守るつもりか」

「………」

用人と女中頭は顔を見合わせ、キョトンとした目を見交《みかわ》した。

「殿さま。加えるに太いと書いて、加太屋《かぶとや》。隣の麴町《こうじまち》に本宅がある、うわじち屋でございます」

「うわじちとは耳馴れぬが、なにを扱う。そうか、赤子に貰い乳をさせるための乳屋か」

引っくり返って笑った女中頭と、ポカンと呆れた口を開けた用人が好対照だった。

香四郎は目で、おいまに知っているかと問い掛けたが、知りませんと首を傾げた。

「上の質屋と書きまして、江戸中の質屋の元締のような立場にあるのが、加太屋です」

「わたしは去年まで、兄嫁の箪笥《たんす》の物を質草として持ってたびたび行かされたが、ほとんど流れてしまった。加太屋は市中の質流れをあつめ、売り捌《さば》くか」

「いいえ、銭貸《かねか》しです。質屋を相手の」

「両替商か」

「市中の質屋ほとんどは金持ちです。ところが、凶作つづきで景気が落ち込むと、質草ばかりが増えて、資金繰りに困ることになります」

そんな質屋に利を付けず銭を貸すのが上質屋《うわじちや》であり、江戸では加太屋が一手に役割を担っていると、用人は付け加えた。

「無利子とは、豪気だな」

「なんの、たんと利子となる家作《かさく》は取っております」

「麴町に大きな町家はないぞ」

「江戸っ子商人は、上方の鴻池《こうのいけ》はんらとはちがいますえ」

こんなに稼いでいるとか、豪邸に暮らし大名までが頭を下げると、見せびらかさないのが江戸商人だと言い足した。

「銭は、床下か」

「そこまでは存じませんが、市中には三十もの別邸があって人に貸し、江戸の在となる中野小淀《こよど》には大きな庭園があるとの噂です」

「知らなかった……。用人はその加太屋に、近づきたいと申すか」

「鴻池はんほどに目立たぬ商人なれば、いつか殿さまのお役に立つはずと思うております。そこへ里子を使《つこ》うて……」

「――――」

幕臣としての甘さを感じてはいたものの、家中でも愚鈍な主人だったことを、香四郎はまたしても気づかされた。

働くとは闇雲に汗をかくだけではなく、人とのつながりを慮《おもんぱか》るところにありとは、古人の名言だった。

出会う者すべてに心を掛けていた香四郎だったが、耳にした者に会おうとしたことはない上、関わりのない者など調べようともしなかった。

弘化二年の今を、乱世とは思わない。しかし、諸国の沖合には異国船が三日とあげず出没し、勤王を標榜する武士があちこちで名乗りを上げはじめている。昔のままでは、家を保つことは難しいのだ。

「ご用人さま。おつねが参りました」

瘦せぎすの五十女は、生真面目で堅物そうな女中だった。

「おつね。加太屋にいたそうだが、長く勤めおったのか」

「はい。十三のとき奉公に上がりまして、五十の歳《とし》をもちまして先代の大内儀《おおおかみ》ご逝去《せいきょ》とともに、下がりましたです」

「奥向《おくむき》の女中であったか」

「それが三十をすぎましてから一年ごと、市中の別邸を女中頭として、見廻されました」

「別邸には、主人の妾《めかけ》が暮らしていたということか」

パシッ。

用人の扇子が、香四郎の額に飛んできた。

「男がすべて、女にだらしないわけではございません」

「わたしもそうだ……」

香四郎は誰とも目を合わさず、つぶやいた。

「加太屋の別邸では、番頭さんが主人となって、おかみさんや子どもたちと暮らしているのです」

「番頭の不正の有無を、おつねは監察していたわけだ」

「いいえ。お銭の出し入れは、ご本家で算盤を弾《はじ》けば分かります。わたしの役目は、番頭さんのご一家に聞こえてくる話を月に一度、ご本家へ……」

「女の間者《かんじゃ》という役目か。鴻池よりやり口が高等に思えるが、それで分かることがあったか」

「はい。どこの別邸も、上質《うわじち》の出店《でみせ》です。わたしの一番の手柄は、打毀《うちこわ》しをいち早く察したときでした」

出店の番頭が女房と話していると、裏長屋の連中が食いつめはじめたことが分かるだけでなく、米屋を襲いそうな気配をおぼえたのだという。

「番頭とて、気づかぬものではあるまい」

首を傾げた香四郎に、おつねは首をふった。

算盤しか見ていない番頭より、一年ごとに各所を見比べられる自分のほうが、気配に敏《さと》くなると胸を張った。

「その奥女中を、五十になったゆえとお払い箱にしたか」

「わたくしめが強引に、引き抜きました」

用人おかねもまた胸を張って見せたことに、香四郎はおどろいた。

「かね子は、おつねのことをどこで知った」

「地獄耳と申しておきましょう」

「女用人ではなく、女閻魔《おんなえんま》か」

もう飛んでくる扇子はないと笑った香四郎の鼻先に、布の懐紙入れが放たれた。

バサッ。

痛くはないが、おかねの投げっぷりは感心させられるほど正確だった。

目を剝《む》く香四郎に構わず、用人は口裏を合わせておきたいと、家中一同をあつめましょうと言い放った。

「赤子を置いた者が門口に来たり、しませんかね」

「門番には、わたくしが立ちます」

立ち上がったのは若妻おいまで、詳しい話は香四郎から聞くと言って、元気よく出て行った。

香四郎は今の今まで、上質屋も加太の名も耳にしたことがなかった。

ところが用人の話を聞いたことで、鴻池なみの財力に多くの公家や武家が目をつけている様子が知れてきた。

上質屋がどこまで知られているか、南町奉行の遠山左衛門尉のところへ行くつもりでいた。

おかねのひと言で、香四郎は飛び上がりそうになった。

「旗本峰近香四郎さまの、隠し子ということで——」

「ま、待てっ。わたしの子ではないと、申したはずだ」

「加太屋に近づくには、それが早道となります。旗本でありながら、正六位上。その人質ともなる隠し子を預かれるとなれば、上質屋は朝廷と幕府の双方に足を乗せることになりましょう」

用人のことばに和蔵や政次、七婆衆がうなずいた。

「しかし、おいまがなんと言うか」

「元よりご自身で育てたいと仰《おお》せでした奥方さまなれば、殿さまのお子が増えたようなもの——」

「馬鹿を申せ。わたしの胤《たね》でもない子が、いつか峰近を名乗ったらどう致す」

「よろしいじゃござんせんか、峰近の名が広まります」

政次が少しもおかしくないと言って、一同に承認を取ってしまった。

あとは、おかねとおつねが赤ん坊を伴い、峰近の紋を刻んだ小太刀とともに加太屋を脅しに掛かるのだという。

「強請《ゆす》れるか」

「叩いて埃《ほこり》の出ん家など、どこにもおまへんがな」

大船に乗ったつもりでと、用人は胸を叩いた。

おふじが若奥さまと交替しますと門に出て行くのを、香四郎はおれが伝えると先に立った。

門の脇には、おいまがしゃがみ込んで潜んでいた。

「寒かったであろう」

「来たときの雲が切れ、青空からこぼれ陽が出て参りました。幸先がよいとの、暗示ではないでしょうか」

香四郎は包み隠さず、捨て子の父親が自分ということになったと、苦々しく話した。

「まぁ――」

若妻が雲間からあらわれた満月ほどの笑みで、喜んだ。

一片も欠けていない昼間の白い月が、明るい陽射しの下に出てきたので、香四郎は白昼夢を見ているような気にさせられた。

〈二〉香四郎《こうしろう》、入牢《じゆろう》す

一

所帯を構えた初日から、思わぬ闖入者《ちんにゆうしや》のお蔭で甘い夢を破られてしまった香四郎だが、まずは南町奉行所へ足を向けることにした。

一つには婚礼に賜《たまわ》った祝儀《しゆうぎ》への返礼であり、もう一つは加太屋《かぶとや》について詳しいことを知りたいと思ったからである。

香四郎は千石の旗本であり、幕府評定所の留役《とめやく》まで兼帯する武奏《でんそう》屋敷の諸大夫《しよだいぶ》なのであれば、自前の乗物があってよさそうだが、峰近《みねちか》家にはまだなかった。

「殿。芝居町で誂《あつら》えた牛車《ぎつしや》は、ございます」

「たわけたことを、申すでない。大道具の乗物に肥桶《こえおけ》曳《ひ》きの牛、さようなもので町なかを往《ゆ》けるものか。政《まさ》、おれに恥をかかせたいか」

「牛車の中は、誰にも見えませんですぜ」

「奉行所で、どうなる」

「えへへ」

峰近家の奴《やっこ》として寄宿する臥煙《がえん》の政次《まさじ》は、用人のおかねとは別の手口で、香四郎を揶揄《からか》うようになっていた。

もとより部屋住《へやずみ》の四男坊だった新米旗本は、身分なり男女のちがいなど気にしないのだが、皮肉や軽口に対し洒落《しやれ》で返せない憾《うら》みがあった。

江戸っ子を任じたいくせに、どこか野暮なのである。

「辻駕籠《つじかご》を拾う」

「お供をいたしましょう」

「構わぬゆえ、庭の掃除でもしておれ」

「あっしが門を離れたとたん、捨て子が次から次へと――」

「政次。引き続き門番をつづけるように」

どうあっても真面目に答えてしまう香四郎は、顔をしかめながら邸《やしき》をあとにした。

番町の武家屋敷街を出ると、麹町《こうじまち》。この中に加太屋の本宅があるというが、それらしい豪邸はどこにもなかった。

通りの辻に空の駕籠を見つけて乗り込み、駕籠舁《かき》に訊《たず》ねた。

「加太屋を、知っておるか」

「ええ兜《かぶと》屋さんてぇと、虎ノ御門ちかくに兜や鎧《よろい》を扱う店がございますが、そこへ参りますか」

「いや、南町奉行所へねがう」

町駕籠までが加太屋を知らない。ちょっとしたおどろきだった。

大坂の鴻池《こうのいけ》に比するほどの財があり、三井越後屋のような表商《おもてあきな》いをしない。それも何代かつづく上質屋《うわじちや》で、主人の名さえ知られていないのだ。

市中の質屋に訊けば分かると思ったが、教えてくれそうにない気がしてきた。

鴻池が大塩平八郎の一味に世間からの恨みを逸《そ》らすため、あえて襲わせたほど豪商とは嫌われる立場にあった。

となれば、金持ちでございと誇ることほど馬鹿げた話はない今である。

が、愚か者は、おのれは裕福だと知らしめたくなるらしい。羨《うらや》ましがられこそ、敬《うやま》われはしないのに。

香四郎は辻駕籠に揺られながら、加太屋の目眩《めくらま》しぶりに舌を巻くばかりだった。

南町奉行所の門前では、誰何《すいか》される香四郎ではなくなっていた。

門番は駕籠の垂《た》れが上げられた時点で、香四郎の履物を揃えるべく、片膝をついて迎えた。

「これは峰近様、本日もお奉行でございますな」

「うむ」

用向きを言わない香四郎である。小役人などいないものとして、平静を装う。

ただし、蔑《さげす》まないことに決めている。

我欲を抱き、上に厚く下に薄い心づかいほど、みっともない生き方はない、と考えてのことだった。

奉行の遠山ほど上にも下にも均しくはなれないものの、香四郎なりの流儀はできつつあった。

「奉行所の庭も、冬を迎える仕度か……」

つぶやいた目の先には、大勢の植木屋が松の幹に莚《むしろ》を巻いたり、落葉を掻きあつめたりしていた。

後ひと月もしない内、雪を見るだろう。なにごとも、備えあれば憂《うれ》いはないのだ。

隔月の当番で、南町奉行所は非番の十月となっている。

といっても暇にしているわけではない奉行所は、下調べや後追い吟味などに役人が小走りで動きまわっていた。

「お奉行。峰近さま、お越しでございます」

遠山付きの下役《したやく》の襖《ふすま》ごしのことばに、用部屋の左衛門尉《さえもんのじょう》の朗らかな返答が返ってきた。

「これはこれは峰近どの、むさくるしい町奉行所へ自ら足をお運び、恐れ入りまする」

「――――」

皮肉である。

昨日まで峰近と呼び捨てていた遠山が、下役の同心を前にへりくだって見せたのだ。嫌味としか聞こえなかった。

唐紙が中から開けられると、膝をついた遠山が先に一礼をした。

あわてて這いつくばった香四郎だが、遠山の頭のほうが低い位置にあった。

「正六位上《しょうろくいのじょう》に昇られたとのこと、まことに目出とうございます。年明けには従五《じゅご》位《い》となられ、この遠山ごときはご尊顔を拝すもままならぬこととなりましょう」

「……。お奉行に苛《いじ》められるとは――」

「なんの。美しい姫君を迎え、前途洋々たることまちがいなし。そうでござろう」

髷《まげ》は結《ゆ》えぬほど後退し、鉢の開いたふうの頭をもつ奉行は、真顔で寿《ことほ》いで見せた。

「あ、そうか――」

香四郎は小さく叫び、遠山をまじまじと見つめてしまった。

「はて。なんぞござりますかな、公達《きんだち》どの」

「ございますっ。本日未明、わが峰近の門前に赤子を置いて参れと、お奉行は指図をなされましたでしょうか」

問われた遠山の皺《しわ》だらけの大顔が、泣き笑いとなった。

「従五位下の左衛門少尉《しょうじょう》が、いずれ昇進を見るの諸大夫に、嫌がらせをと申すか」

「捨て子と見せかけ、わが邸の門前に――」

「なにを。奉行とて、人の子。仕掛けを致すにしても、無垢《むく》な赤子を野良犬に襲われかねぬことまでは、いくらなんでもできはせぬ」

遠山の顔には、濁りも逃げも見られなかった。

「となると、ご老中が」

「伊勢守さまとて、人でなしではないぞ」

仕掛けたのではなさそうと見て、香四郎は深々と頭を下げた。

「お奉行、今ひとつうかがいたいことがございます」

「申せ」

「上質屋と称す加太屋とは、いかなる商家でありましょう」

「峰近のもとへ、近づいたか」

遠山の眼が好奇に輝きはじめたのが、香四郎の眉をひそめさせた。

「加太屋のほうからというのでございませぬものの、いま申しました捨て子の預け先をと……」

香四郎は今朝からの経緯《いきさつ》を手短に述べ、上質屋をまったく知らなかったと付け加えた。

「飛んで火に入るとまでは申さぬが、加太屋は老中の伊勢守さまでも、引き寄せようとして幾度か試み、叶わなんだ豪商である」

奉行のことばが小さくなったのは、人に聞かれたくない話を意味していた。

「老中首座であっても、ひと声掛けるだけで呼び出せるものではないと仰《おお》せですか」

「そうは簡単にゆかぬ。主人の誠兵衛《せいべえ》から女中や小僧にいたるまで、穴ひとつない商家だ。そればかりか、毎年かなりの運上金を、幕府に一文《いちもん》のまちがいもなく納めておる」

「しかし、市中の質屋について知りたいとか、勘定方に助言をくれと――」

「無理なのだ。先代の主《あるじ》もそうであったが、お役に立てる器量などございませんと、いっかな出てこようとせぬ。隠遁《いんとん》した老爺《ろうや》のように」

罪はない、名誉欲もない、幕府に牙《きば》を剝《む》くこともないのが、加太屋の家訓のようになっているとのことだった。

「公儀《おかみ》は加太屋に、なにを求めんとしておるのですか」

「銭《かね》よりほかに、欲しいものがあろうか」

「ま、まぁそうです……」

香四郎は鴻池の五万貫の銀と、幕府御金蔵が減りつつあることを同時に思いおこした。

五十年も前であれば強引に罪を仕立て、鴻池の家財一切を取りあげることができきたろう。

　ところが今は、世間が許さないのだ。先年の天保の改革で味噌をつけたのが好例で、諸藩から町人までが公儀を信じなくなりつつあった。

「峰近。是が非でも、近づけ。いま申したとおり、赤子は香四郎の隠し子とし、産んだのは芸者、新妻には内緒、加太屋へ毎年百俵ずつ養育料を付けろ」

「えぇっ」

「おどろくに及ぶまい。千石の旗本に、隠し子の一人や二人は不思議ではない」

「お奉行にも――」

「馬鹿」

　くだらない話をしている暇はないと、香四郎は追い返された。


　南町奉行所の庭は、すっかり冬仕度が調っていた。

　門番が数寄屋橋《すきやばし》の袂《たもと》で客待ちをする町駕籠を呼んで参りますというのを、香四郎は断った。

　町なかを歩きたくなったのは、隠し子にせよと命じられ考え込んだからでなく、幕府も奉行所も把握できない商家があるとの話ゆえである。

江戸八百八町というが、数えると二千もの町があるという。そこに百万余の人々が暮らしているとは、信じ難かった。

その百万余の中に、加太屋誠兵衛もいれば、去年の夏に伝馬町牢屋敷《でんまちょうろうやしき》を脱獄した蘭学者の高野長英《ちょうえい》もいるのだ。

部屋住《へやずみ》だった頃、十二分に市中を知っている武士のつもりでいた。が、改めて確かめたくなった香四郎である。

奉行所前の橋を渡り商家の並ぶ通りに出たものの、人の多さに辟易《へきえき》してしまい、水を見たくなってきた。

江戸の湊《みなと》を見ようと、木挽《こびき》橋から人通りのない大名家の下屋敷街を歩いていたときだった。

陽はあるが、初冬の空は薄墨色に染まりはじめていた。香四郎は今朝、髭《ひげ》をあたっていなかったことを思い出し、あごをなでた。

「ご無礼を。峰近さまではございませんか」

声は背ごしに立ち、男が香四郎の右横にへばり付いてきた。

知らぬ男である。四十前後だろうか、目つきに険しさがうかがえたが、悪党のそれではないようだ。

なに用かと問い返そうとした刹那、左横にも男が付いていた。

左右の腕を取る手口は、奉行所捕方のそれだった。

「────」

腰の大小が前にまわった侍によって抜き取られ、香四郎は睨み返した。

「旗本峰近香四郎と知って、なにゆえの無礼ぞ」

「かような場所での押し問答は、ご家名に瑕《きず》がつきましょう。どうか、ご同道《どうどう》ねがいます」

有無を言わせない強引さを、若い侍は手にする緋房《ひぶさ》の十手に見せた。

「人目もありますゆえ、駕籠を用意しております」

香四郎に乗れと指図した乗物は、罪人の唐丸籠《とうまる》ではないものの、頑丈そうで表に錠前が掛かる仕組みになっていた。

「同道を拒むものではない。が、わたしを拘束いたす理由を申せ」

「…………」

十手を持つ役人とおぼしき侍は横を向いて、口を閉ざした。南町の同心であるなら、奉行の遠山に叱責されるにちがいなかろう。

乗るというより押し込められた香四郎が腰を下ろすと、乱暴に引戸が閉じられ、錠をさす音が聞こえた。

暗い。簾窓《すだれまど》のない中は、息苦しく感じた。

――捕われた理由は、捨て子の一件であろうか……。

香四郎が思いを馳せたのは、赤ん坊のことである。

しかし、考えたところで分かるはずもなく、動きだした駕籠の揺れに任せるほかなかった。

どこへ向かうのか知らされなかったが、香四郎を乗せた乗物が繁華な町なかに入るのが、耳で知れた。

人里離れたところであったり、船に乗せられ遠くへ連れ去られるのなら、敵となる連中の仕業と考えたが、そうではないようである……。

二

やがて駕籠《かご》が下ろされると、錠前の外される音を聞いた。

引戸が開き、明るさに目をしばたいたところに入った光景は、重苦しい屋敷の中だった。

「お出ましねがいたい」

「ここは」

「伝馬町の、牢《ろう》屋敷にございます」

「罪人か、わたしは」

「拙者、分かりかねまする」

運び込むまでが役目と、小役人は緋房の十手を帯に戻していなくなってしまった。

代わりにあらわれたのは上役《うわやく》らしく、紫房の十手を差していた。

ことばつきほどには、目元が険しく見えないのが不思議に思えた。

「出ませい」

「わたしへの嫌疑を、申してくれぬか」

「申し上げたいところなれど、しばらく中で自省していただきたい」

突き放した物言いに抗《あらが》おうと、香四郎は顔を付けんばかりに身を乗り出したが、これまた無視された。

両脇から腕をつかんできたのは初老の牢番で、それなりの慇懃《いんぎん》さを見せたのは幸いだった。

狭く暗い土間廊下を進まされる内に、饐《す》えた人臭《ひとくさ》さに襲われてきた。まぎれもなく伝馬町の牢屋《ろうおく》である。話に聞かされていたが、世の中から外れた罪人の獄そのものだった。

が、土間廊下を通りすぎると、軒《のき》だけつづく別棟にいざなわれた。臭くはないものの、こちらの棟のほうが厳重だった。

「こちらは揚屋《あがりや》ですが、峰近さまには更に別棟の、揚座敷《あがりざしき》へお入りいただきます」

幕府の伝馬町牢屋敷は、身分によって押し込められる獄舎が分けられていた。無宿人も含めた町人の大牢、侍身分の揚屋、その上に座敷と名の付く棟があった。

どこからともなく牢番の年寄りがあらわれ、紐で結ぶだけの押着《おしき》せに着替えをと、鼠色《ねずみいろ》の作務衣《さむえ》のような着物が差出された。

扱いが上々なのは喜ぶべきなのだろうが、家の者に知らせることなく留め置かれてしまうようだ。

それも自省して考えろとなると、納得が行かない。

薄暗い中、目に太い格子《こうし》が拡がってきて、揚座敷であると見当がつけられた。

六畳ほどの半分が板の間で、小さな雪隠《せっちん》が隅にある。明かり取りの天窓があるだけで、格子のあるところのほか三方は、厚い板壁となっていた。

「お入りねがいます」

「番町のわが邸《やしき》に、人を走らせてはくれまいか」

「できかねます」

「………」

香四郎を押し込めた牢役人が振り返りもせずに出て行ったのを見て、香四郎は尋常ならざる立場に置かれたらしいことを知った。

当月の奉行所月番は、北町である。南町奉行の遠山左衛門尉は、口を挟むことができない。それればかりか、越権行為は堅く禁じられる昨今となっていた。

先年の天保改革で、南町奉行だった鳥居耀蔵《ようぞう》が北町を押しのけ、辣腕《らつわん》をふるった失敗からである。

ひとまず落ち着こうと、目についた雪隠で用を足した。

思いのほか汚なくないのは、揚座敷に入る者が少ないことを物語っていた。

ジョ、ジョジョジョッ。

考えてみれば、昼も摂《と》っていない香四郎である。腹は空き、喉も乾いていたが、水の一杯もない牢だった。

香四郎は空腹を訴えもせず、囚《とら》われた理由を考えつづけようとした。

陽は西に傾いたらしく、揚座敷も暗くなっていた。

はじめに思いついたのは、嫉妬が生んだ告げ口のようなものだった。

部屋住《へやずみ》の四男坊が、あれよあれよと正六位上の官位と千石の禄高を手にし、美しい公家娘を迎えたのだ。

妬《や》っかまないほうがおかしいのかもと、かつての冷飯《ひやめし》くい仲間を想ってみた。

が、香四郎に奉行所へ訴え出られるほどの悪事をした憶えはないし、また連中にそこまでする理由を思いつけなかった。

考えるほど、わけが分からないことだらけである。

――老中首座の阿部伊勢守から、幕府評定所の留役を仰《おお》せつかったわたしではないか。

それだけではない。南町奉行の遠山と懇意なことは、多くの者が知るところなのだ。

自分が取るに足らない幕臣であるとは、十分に意識してはいるものの、逸脱するほどのことは――

「あ、床下《ゆかした》」

思い至ったのは、大塩平八郎があつめたとされる大量の火薬《ひぐすり》を、自邸の床下に隠しもっていることだった。

峰近家の先代当主の長兄が、なんらかの経緯から預かっていた危険きわまりない代物《しろもの》は、見つかってしまったが最後、切腹では済まされない。

ほんの数日前、香四郎は火薬の隠匿《いんとく》を知った雑賀衆《さいかしゆう》の残党を撃ち果たした。番町の峰近家の者以外にも、聞き知った輩《やから》がいても不思議はなかった。

――将軍の名をもって、わたしは謀叛人《むほんにん》として責問《せめど》いに掛けられる……。

お家断絶どころか、新妻おいまは身分を剝奪され、非人溜《ひにんだまり》に追い立てられるのだ。

どんな責め苦にも耐えるつもりでいる香四郎だが、おいまはどうであろう。

旗本の妻女として、口を割らないかもしれない。しかし、香四郎の面前で新妻が裸に剝《む》かれてしまえば、夫として堪《こら》える自信はなかった。

弱気の虫が、じわじわと沸き起こってきた。

もちろん邸を家探《やさが》しされることで、床下にある物が白日の下に晒《さら》されることは確かとなる。

香四郎は両手を頭の後ろにまわし、壁に背をつけた。

考えれば考えるほど、徳川家へ歯向かう謀叛人の烙印《らくいん》を捺《お》される下地は、香四郎の思惑と別のところで出来つつあるのだ。

公家の諸大夫として伝奏屋敷に出仕《しゅつし》し、官位を賜《たま》わった上、京都から正室を迎えたのである。

ふつうに考えれば、あり得ないことの連続だった。

「峰近は、幕府転覆を企《たくら》んでおる」

「隠していた火薬は、江戸の半分を灰にしてしまうほど。それも大坂で叛乱を起こした大塩の、使い切れなかった火薬と聞く」

「京の内裏《だいり》より密命を帯び、市中を火の海として混乱させ、その隙《すき》に乗じるつもりか」

「南町の遠山に近づいておったのも、町方の動向を探らんがために相違なし……」

でっち上げの罪状など、いくらでも追加できよう。

「理不尽にすぎる。わたしは、火薬のことなど知らなかった」

つぶやいたつもりのことばが、大きくなったようである。

板壁をコツコツと叩かれ、香四郎は壁から背を起こした。

が、牢番はあらわれることなく、代わりに壁ごしに声が聞こえた。

空耳ではないものの、なんと言われたのか分からなかった。

「申しわけござらぬ。静かにいたすゆえ、ご勘弁を」

「いや。ちと訊《たず》ねたいゆえ、格子のほうへ」

渋い男の声は、人目をしのぶつぶやきとなって、香四郎の耳に届いた。

香四郎は格子口に近づき、外の気配をさぐった。

町人が押し込められている大牢でもなければ、侍身分の揚屋よりさらに上の揚座敷には、見張りの番人は常時いないようである。

壁際に身を添わせ、香四郎は次のことばを待った。

「ご無礼ながら、珍しいことばを聞きましたゆえ、お訊ね致します。火なんとかと」

「――。つい、うとうとと転寝《うたたね》に見た夢と思えますなれば、どうかお聞き流しをねがいたい」

隣の房に、どんな者がいるか分からないのであれば、迂闊《うかつ》に話すわけには絶対ゆかないのだ。

格子から顔を出すことも叶わず、声を立ててはならないとされる牢内である。そのまま収まると思っていた。

しばらくすると、格子のところに手が伸びて、丸めた紙きれが放られた。

雪隠に用いる落とし紙で、よく見ると中に文字が躍っていた。

開いて、信じられないと目を剝いた香四郎だった。

〝高島秋帆《しゅうはん》と申す者也　筆談ねがいたし〟

「な、長崎の――」

「しっ」

筆談をと記されているのを忘れるほどに、香四郎はおどろいた。

香四郎が評定所留役とされ、高島秋帆の扱いを監察することになったとき、その前に秋帆を面通しさせていただきたいとねがっていたからにほかならない。

丸めた紙から、炭の欠《か》けらが出てきた。これで書けというのだ。雪隠脇の落とし紙に、香四郎は炭を走らせた。

力が入って破いてしまい、書き直しはていねいに書いた。

〝旗本峰近香四郎也　甕《かめ》七つ分の火薬　先代当主預り置き　秋帆殿へと〟

香四郎は紙を丸めずに折って格子ごしに腕を伸ばすと、隣からも手が伸びてきた。

手渡したとたん、気懸りが芽生えた。

本物の高島秋帆かどうかが、確かめられないのである。幕府の目付役が、誘い水をかけてきたと考えられなくもないのだ。

――今さら元には戻せぬ。

諦めもまた侍の在りようの一つで、切腹はその究極の姿とされている。

すぐに、紙きれが返されてきた。

〝送り主は〟

不明也と記した。

それからの四《し》半刻《はんとき》ばかり、落とし紙のやり取りがつづけられたのはいうまでもない。

伝馬町に送られ早三年、獄吏と親しくなり、炭と多めの落とし紙を差入れてもらい、日がな一日思いつくことを書き留めていたが、今日ここで信じ難い人物に出遭えたことなどが、簡潔に綴《つづ》られてあった。

さらに秋帆は近々武州岡部藩に預けられると知り、ようやく日の目を見られそうだと、喜びが記されていた。

読み終えた紙は、便壺に落とすように。紙が足りなくなったら、腹を下したと言えとまで教えられた。

香四郎に、牢屋での楽しみが見つかったようである。

そこへ音がして、夕食がもってこられた。

思ったより上等で、腐りかけでもないことが有り難く、香四郎は平らげた。

安物だが、夜具も持ち込まれてきた。しかし、初冬の獄に火鉢があるわけもなく、薄い夜着に身を縮めて横になるほかなかった。

香四郎への尋問は明日のようで、どうしたものかいまだ考え一つまとまらないでいる。

あくまで火薬は知らぬ存ぜぬを通すつもりだが、おいまに手が伸びてしまえば黙りつづけられるか、自信がもてないままでいた。

正直に答えたとして、なにゆえ火薬を発見したとき幕府に具申しなかったかと問われたなら、香四郎は窮するだろう。

用人格の和蔵《わぞう》が秋帆に私淑《ししゆく》し、帆影会《ほかげかい》なる徒党を組んでいることまで露呈すれば、幕府転覆を目論《もくろ》んでいると断じられるにちがいなかった。

大坂で鎮圧された大塩ノ乱以上の騒動を見るのは、火を見るより明らかである。

当然ながら、隣房にいる秋帆にも累が及び、斬首されることも考えられた。

寒さにではなく、不安に目が冴え、寝返りをくり返した。

この一年弱、幸運を手にしすぎた香四郎だった。その揺り戻しが、いちどきに来たことになる。

思い返すのは、おいまの笑顔であり、おかねのやさしい叱責、七婆衆《しちばばしゅう》の見えない気遣い、和蔵や政次の頼もしさばかりだった。

――ここで死んだほうが……。

腰の大小はもちろん、帯も腰紐も下帯までも取られている身では、死に方も分からなかった。

舌を嚙み切れるものかと試したが、できるものではないと知れた。

――そうか。舌を嚙み切るのは、襲われた女が男の舌に嚙みつき千切るものなのだ。

牢獄で分かることもあると、ニヤリと笑った。

生きんがため、女もまた闘う。獣《けもの》だって虫けらだって、必死に生きているではないか。

「死ぬことは止《や》めた。殺されるまで、生きてやる。理不尽であったら、嚙みついて一矢報いるまでのこと……」

暗い中で目を閉じると、おいまの濃いめの眉と白い歯が甦《よみがえ》ってきた。

「おやすみ」

香四郎のつぶやきが、牢屋の板壁をふるわした。

三

明六ツ半に、洗面用の水が小桶でもたらされたとき、大きな声で挨拶をした。

「おはようございます」

「これは、おはようございます」

牢番《ろうばん》が挨拶を返したことで、隣の房からも「おはようございます」と元気な声が立った。

湯に入れないばかりか、髭《ひげ》もあたれない牢屋《ろうおく》である。妙なことだが、生きている実感が沸いてきた。

隣房に声が掛かる。

「高島さまへ、朝餉《あさげ》のあと面会人がございますとのことでした」

「そうか。久しぶりである」

三年もいると、外からの訪問客が許されるようだ。もっとも、峰近家の和蔵に言わせると秋帆は無罪であり、幕府も捕えてはみたものの処断できずにいることになるようだ。

岡部藩安部《あんべ》家に預けとなるのも、そうした理由からであるにちがいなかった。

「峰近どの。出ませい」

牢役人が重い格子《こうし》の口を開けた。

朝飯を食べさせることなく、厳しい尋問をするらしい。が、香四郎は動顛《どうてん》する素ぶりも見せないでいられた。

入牢《じゅろう》して半日だったが、歩きまわることもないと体が鈍《なま》るのか、スックリと動けなかった。

躊躇《ちゅうちょ》していると思われるのが嫌で、香四郎は勢いをつけた。

「行って参ります」

あえて秋帆に向けて挨拶をすると、役人は咳払いをして顔をしかめた。罪人同士は通じあうなということのようだ。

秋帆は五十に近いはずで、横目で見る限り痩せていた。それでも勇気づけてくるように、歯を見せてくれた。

香四郎が連れて行かれたところは、牢奉行の用部屋だった。

床ノ間に違棚《ちがいだな》、大きめの香爐《こうろ》、文机《ふづくえ》の上は片づけられている。書役が一人いるだけで、牢奉行の石出帯刀《いしでたてわき》本人が待っていた。

取調べというより、肚《はら》を割って話せということのようだ。


正しくは牢屋奉行、江戸開府以来の奉行職は代々世襲で勤めている。

職掌では町奉行の配下、家禄は三百俵の旗本でしかなかった。

香四郎の前にいる帯刀は長軀《ちょうく》にありがちな猫背で、平べったい顔である。四十前後か、奉行の名をもつ者にしては威厳に欠けて見えた。

「旗本、峰近香四郎どのであるな」

「いかにも。いきなりだが、訊《たず》ねたい。なにゆえ、わたしを牢に――」

「ここでの問い掛けは、許されておりませぬ。こちらの申すことのみ、お答えねがう」

取り付く島を見せまいと、帯刀は強面《こわもて》を作った。

聞いていた話では、奉行みずからが尋問をすることは少ないとのことだった。

それなりの扱いをされているらしいが、香四郎は月番の北町奉行にこそ出てほしかった。

「当方より、うかがいたい。なにゆえ伝馬町の牢屋へ送られたかと、お考えか」

「考えたなれど、思いあたるふしがござらぬ」

「正六位上にして、九条家諸大夫ではありませぬか」

「もう一つ、幕府評定所留役も賜《たまわ》っておる」

冷や汗を隠しながら、幕府の要職にもあると付け加えた。

「留役は、正式ではないと聞いております」

「捕われたことで、ご老中は前言を翻《ひるがえ》したのか――」

「黙らっしゃい。無礼でありましょう」

帯刀の眉が、吊り上がった。なんとしても口を割らせるつもりのようである。

――邸の火薬《ひぐすり》のこと、まちがっても言うまいぞ。

香四郎は口をつぐんだ。

奉行が書役に目をやることで、書付らしいものが渡された。香四郎に読めと言う。

平静を装いつつ、香四郎は紙を開いた。

三行ばかりの中に、火薬の文字がはっきりと見て取れた。

「分かりかねる」

「これを北町奉行所へ送ったのは、火盗改《かとうあらため》。当然ながら、十二分の調べをした上のことと思う」

火付盗賊改方《ひっけとうぞくあらためかた》は、放火や強盗団といった凶悪犯を取締り、武装することを許され若年寄配下の役職となっている。

隠し置いた火薬が幕府への叛旗《はんき》なら、凶悪どころか不忠となる。若年寄が目を付けたのは分からなくもない。

しかし、香四郎に謀叛《むほん》の気持ちは、爪の先ほどもないのだ。にもかかわらず、幕府は峰近香四郎を勤王と断じたいと思えてきた。

この場に及んで徳川への忠誠を誓っても、信じてはもらえないだろう。

困ったとの顔が、出てしまった。

「ほう。心あたりが、ございますかな……」

嬲《なぶ》るような口調の帯刀は、上半身を乗り出してきた。

「なにを申しておられるものか、いっこうに呑み込めぬ。これに書かれてある火薬が、なんだと申すのだ」

香四郎は精いっぱいの強がりを、ことばに込めた。

「遠からず公儀の許諾をいただいた上、番町の邸《やしき》を家探《やさが》しいたすつもり。早晩、とんでもない物が出て参るでござろうな」

「はて、なんのことやら」

白《しら》を切ってみた香四郎だが、通じていない気がするほど弱気になりつつあった。

「初日は、これだけに致すゆえ」

揚座敷《あがりざしき》に戻れと、帯刀はしてやったりの顔で、香四郎を牢同心に委《ゆだ》ねた。

思ったとおり火薬の隠匿《いんとく》が捕縛《ほばく》の理由だったかと、香四郎は初冬にもかかわらず汗をかいていた。

太い牢格子の戸が閉まると、倒れ込むように壁へもたれてしまった。

家探しをされたなら、床下《ゆかした》の火薬は白日の下《もと》に晒《さら》され、有無を言わさず謀叛の徒にされるだろう。

切腹ではなく斬首は、武士の恥にほかならない。

妻女ばかりか、用人おかねをはじめとする家の者みな身分を落とされ、おいまの実家にまで累は及び、峰近家の墓所《はかしょ》まで破棄させられるのだ。

言いようのない無念から、寄り掛かっていた板壁に後頭部をガンガンと打ちつけた。

コツ、コツ。

隣の房から打ち返された合図で、我に返った。

格子の近くに丸められた紙が舞い込んでいたのと、眼前に朝の膳があることに気づいた。

まず紙片を拡げる。

〝舐めて耐えよ　今朝の差入れ也〟

なんのことかと、丸められた紙きれを確かめたとき、白っぽい塊《かたまり》が落ちた。

薬なのだろうが、呑む気になれないのは死にたくなっていたからである。

が、朝餉の箸は取った。

死ぬにも、気力と体力は要るはずなのだ。

膳にあるものが旨いわけもなく、冷めた汁が味気なかったのは、一にも二にも落胆ゆえと思えた。

箸を置くと、告発したであろう者をあれこれ思いうかべた。

火薬のことを知るのは、香四郎の始末した雑賀の残党だった。背後で手助けをしたのは、豪商鴻池である。

その鴻池に、下屋敷の一郭《いっかく》を貸した老中の松平和泉守も、火薬を知る立場にあるはずだった。

しかし、鴻池であるなら和泉守に伝えれば火盗改を通す必要はないし、その老中にしても若年寄配下の幕臣など使う意味はなく、おのれの手柄にできるのだ。

ましてや鬼と恐れられている火盗改というなら、痛くもない腹を探られかねない告発に、出向く者は少なかろう。

――とすれば、脅されて口走ってしまった者か……。

勤王の徒は、天保の改革では目を付けられている。隣房にいる高島秋帆がよい例で、人気があり力を得た者を生贄《いけにえ》の羊《ひつじ》のごとく仕立ててしまったのだった。

無実の罪を着せられることは、誰であっても怖かろう。

一方、役人はとにかく手柄を欲しがっていた。たださえ改革が頓挫したとき、嫌われた連中である。世間をあっと言わせさえすれば、出世の糸口をつかめるのだ。

脅そうとする者と、怖がる者。この一致を考えた香四郎は、火盗改の対極にあるのは公卿《くぎょう》ではと思いを至らせた。

日野資愛《すけなる》。武家伝奏となり江戸に下って十年となる公卿は、謹慎中の水戸斉昭《なりあき》との密会で味噌をつけていた。朝廷を将軍家の上に位置づける水戸の烈公《れっこう》に近づく者は、目を付けられて当然だった。

その最たる者が臆病とされる公卿であれば、思いどおりに口を割らせることなど、赤子の手をひねるに等しかったにちがいない。

大坂から大量の火薬が失《う》せ、公儀は必死に行方を追った。雑賀の末裔《まつえい》が関わっているらしいと知るが、逃げられた。

江戸に潜伏していると分かり、探っていた。ところが雑賀の残党は、殺されてしまった。

さらに探ると、鴻池と老中の松平和泉守に辿り着いたが、火盗改には手の出せる相手ではなかったのである。

旗本で伝奏屋敷の諸大夫に突きあたったのは、日野資愛のひと言からだったろう。

朝廷側に寝返った幕臣とするには、打ってつけの者だったはずである。あとは縄を打ち、自白を待てばよい。蛇蝎《だかつ》のような火盗改方の、常套《じょうとう》手段となっていた。

よろしくないことに、それら探索のほとんどが当たっていたのである。

香四郎にとって、生まれて初めての窮地だった。

――切腹をねがうほかあるまい。

それ以外に、おいまを助ける方途はなかった。

涙も出ず、悔しさも沸いてこないのは牢獄という境遇が生むものか、おのれの半生をふり返ることもできないでいた。

投げ込まれた紙片の中の薬が目に入り、毒薬ではと確信した。

ひと思いに舐めた。

「ペッ」

塩辛いだけだった。

ふたたび隣から、紙きれが放り込まれてきた。

〝塩控《しおひか》え也〟

一行だけだが、香四郎には分かった。

黙秘を通す罪人を白状させるため、獄舎では塩を加えない食事を出しつづけるのだ。

巷間《こうかん》いわれるところの拷問《ごうもん》や責問《せめど》いは、悪事を抑止するための公儀による脅しに近いものだった。というのも、無実となったとき体に傷が残ることのないようにとの配慮からである。

どんなに強情な者でも、塩を摂《と》れなくなると気丈でいられなくなるという。

香四郎が切腹をねがい出ようなどと弱気になったのは、昨日からの塩を控えた食事の所為《せい》と気づいた。

塩は高島秋帆へなされた差入れで、今朝のことのようだ。秋帆が三年ものあいだ罪を認めなかったのは、こうした差入れがあるからにちがいなかった。

意を強くもち直した香四郎は、今朝の差入れは弟子からかと返信をした。

戻ってきた紙きれには、意外な者の名が記されてあった。

〝弟子の剣客　斎藤弥九郎《やくろう》〟

市中の町人にも、その名は知られていた。神道無念流の使い手で、三十を前に自分の道場を立ち上げ、多くの弟子を抱える剣豪である。

確か秋帆と弥九郎は歳が近いはずだが、天下の剣客を弟子としているところは凄いとしか言いようがなかった。

太刀を取れば負けない剣士が、砲術を学ぼうとするのだろうか。

時世は明らかに移りつつあるのだと、香四郎の身内に力が漲《みなぎ》ってきた。

「生きているだけで、いい」

香四郎のつぶやきに、秋帆が壁を叩いて同意してくるのが分かった。

が、紙に包まれた塩の残りを、このままにしては秋帆までも疑われてしまう。

どこへ隠そうかと考えたが、畳の下は汚れている上に虫が這っていた。といって、雪隠《せっちん》の金かくしはいただけない。

思い付いたのは板壁の隙間《すきま》で、擦りつけておけば床と違って拭き取られないだろうとの知恵だった。

目立たないよう擦ることは案外楽しく、香四郎は一所懸命になれた。

小伝馬町の牢屋敷が新しいのも、助けられたことだった。去年の夏、ここから火の手が上がり、屋敷もろとも灰になっている。

一説には、獄につながれていた蘭学者の高野長英が、牢番を唆《そそのか》して付火《つけび》に及んだと言われていた。

というのも、いまだに長英は逃げつづけているからだった。

牢獄が火事の場合、切り放ちといって囚人を逃がす決まりがある。翌日同時刻までに戻れば罪一等を減じてもらえるが、逃げた者は死罪となるのだ。

高島秋帆は戻ったのか、それによって刑死となるのを逃れたのかもしれないと思った香四郎は、自分ならどうするだろうと考えた。

もちろん翌日に戻るつもりだが、番町の自邸に戻ってなにをするかと、想い描いた。

湯に入って体を洗い、月代《さかやき》と髭を剃ってもらうだろう。新妻おいまは一日は短すぎると、湯殿に入って剃刀《かみそり》を使うにちがいない。

おいまは着物が湯で汚れると、一糸まとわぬ姿になる。

目にした香四郎がじっとしているわけもなく、ことに及ぶ。湯殿の外に控えていた老女は涙を堪《こら》えられず、逃がす手段を考える……。

長英がそうであったか分からないものの、誰であっても仁義忠孝より情が勝るのではないかと思った。

想い描いた自邸も今ごろは家探しをされ、床下の物は露見しているだろう。用人おかねは必死においまを庇《かば》い、和蔵は抜け荷商人だった自分が隠したと言い張っているにちがいあるまい。

やがて一網打尽となり、この伝馬町へ送られてくる……。

——公儀に勝てるはずはなく、みな刑場の露と消えてしまうのか。

慚愧《ざんき》に耐えないとはこのことかと、香四郎は歯がこぼれるほど口を食いしばっていた。

四

翌日、翌々日と牢奉行の尋問を受けた香四郎だが、壁の塩を舐めたことで、気弱になることも自棄《やけ》にもならずに済んだ。

まだ峰近家の者は送られてこないのか、なにも言われてはいない。

四日目の朝、揚《あがり》座敷の格子《こうし》ごしに奉行の石出帯刀があらわれ、手にしている紙を開いた。

いよいよ死を賜《たま》わるかと、覚悟を決めた香四郎に、帯刀は鋭い目を向けてことばを放った。

「旗本峰近香四郎、聞きませい」

正座して対峙しろと言われ、香四郎は静かに従った。

「公儀《おかみ》の下知を申し渡す。九条家諸大夫を罷免《ひめん》、ならびに官位の剝奪、さらに知行石高を三百石に減ずるものなり」

言い渡すと、踵《きびす》を返して去ってしまった。

「…………」

香四郎は啞然《あぜん》として、床《ゆか》に片手をついた。

死罪を逃れたのは分かったが、この一年ほどで手にした出世のすべてを棒にふった失意ゆえである。

官位や役職に執着していたのでなく、おのれが人材として価値がないと烙印《らくいん》を捺《お》されたと知った落胆と言うべきだろう。

——ただの四男坊だったか……。

重い格子が外から開けられていたのが分からないほどの、挫折といってよかった。

フラフラと外に出ると、隣の格子ごしに高島秋帆が口元をほころばせながらうなずいているのが知れた。

出獄を喜ぶべきなのは分かるが、香四郎は笑い返せないでいた。

「いずれ」

香四郎は無役に落とされても、武州岡部の地に恩人となった秋帆を訪ねると決めてのひと言だった。

秋帆がもたらしてくれた塩で生き延びたのであり、勇気づけられたのである。

着替えて牢奉行が用意した駕籠《かご》に乗り込むと、疲れからか香四郎は居眠ってしまった。

番町の邸《やしき》に着くと、泥だらけであることに気づいた。

駕籠舁《かき》は、途中で二度ほど転がり落ちましたと笑った。

表玄関では下男の政次に、いつもと同じ出迎えをされた。

「わたしは臭《くさ》いか」

香四郎のひと言に、政次は大袈裟《おおげさ》に鼻をつまんだ。そして手をまっすぐ、湯殿に向けてきた。

玄関を上がらず、香四郎は裏手に廻って湯殿に向かう途中で、政次に囁《ささや》いた。

「床下のあれは」

「さて、なんのことでありましょう。一昨日より役人どもが大勢で、宝探しをはじめましたが、納戸《なんど》の箪笥《たんす》の中にございました歌麿なんかの枕絵の束だけ、押収して帰りましてございます」

「あれは」

「井戸や裏庭、床下まで掘っちまったまま帰られ、あと始末に苦労いたしましたですよ」

「………」

どこへ運んだか分からないが、火薬《ひぐすり》は出なかったようだ。詳しいことは後ほどと、政次は目で語った。

湯殿には女中頭《がしら》のおふじが、剃刀《かみそり》を手に待っていた。

裸になり温かい湯をかけられると、ようやく人心地がつき、気持ちも和《やわ》らいできた。心のもちようは、体という生身《なまみ》に劣ることがハッキリ分かった。

揚座敷で舐めた塩がそうであったのと同じで、どれほど心を鍛えたところで、身体《からだ》を堪えることはできない。

こうして柔らかい湯の中にあることが、どれほど気持ちに余裕をもたらせ、心を豊かにするか。

「今はじめて、分かった」

「殿さま、なにをお分かりになりましたのでしょう」

「心なんぞ矮小《わいしょう》、身体はずっと上位にある」

「そうでございますよ。よい発見をなさいました。では、朝餉《あさげ》を美味《おい》しくいただいてもらうべく、髭をあたりましょう」

新妻でなく、女中頭にやらせたのは、正しかった。

おいまに入られてはとんだことになりかねなかったろうと、牢で想い描いた白日夢を思い返し、香四郎はほっと息をついた。

仰向《あおむ》けた顔に、剃刀があてられる。眼をつむると居眠ってしまいそうだった。

客間に入った香四郎は、おいまをはじめとした家中の者と顔を合わせた。

おどろいたことに、炭がおこった火鉢が三つも置かれている。目を剝《む》いて火鉢を見ていると、用人格の和蔵がニコニコして口を開いた。

「物騒なものは三日前、は組の辰七棟梁《たつしちとうりょう》の火消連中が、木遣《きや》りを唄いながらとは申しませんが、運び出しましてございます」

「どこへ」

「あれがあって不思議と思われないところは、鍵屋《かぎや》をおいてほかにありません」

「鍵屋。花火のか」

花火師であるなら、大量の火薬があっても不思議はなく、いつどこから調達したかも念入りに調べない限り、問われることもないはずだった。

「一つ訊くが、なにゆえあれを移すと思い立ったのだ」

「もうじき雪を見る季節となります。お寝間《ねま》からあたしたちの部屋まで、火鉢も行火《あんか》も出せないのでは、困りますです」

女中頭のおふじが、その理由を言ってくれた。

祝言《しゅうげん》の翌朝に誰も見えなかったのは、その談合だったようだ。

和蔵が胸を張りぎみに、膝を乗り出して付け加えた。

「ついでながら、短筒《たんづつ》のほうも預けてございます」

長短二挺《にちょう》の物騒な飛び道具は、鍵屋の棟梁が目をつけたという。新式の短筒の細かな仕組みに、興味をそそられたらしかった。

「運がよろしいのです。ええ、役人に家探《やさが》しされるなんて思いもしませんでしたから」

「偶然か」

「はい。いきなりでしたから」

「しかれど、当家は三百石に減封。わたしは官位剝奪の上、罷免された」

香四郎は眉を寄せ、済まなそうに一同を眺める中に、一人あらわれた妻女おいまを見つけた。

「――。まだ赤子がおったか」

昼にはまだ早い冬の朝陽に映える新妻の瑞々《みずみず》しい腕に、赤ん坊が大人しく抱かれている。

用人であり老女のかね子が、恭々《うやうや》しく進み出ながら一礼してきた。

「殿さまが行方知らずとなられた日、加太屋へ赤子を連れて参りましたところ、主人の誠兵衛どのは、かつての女中おつねの申すことならと、承諾してくださいました」

「左様か。なれど、赤子はなにゆえ当家におる」

「峰近家ご当主より一筆いただいた上でと、正式に決めることが叶いませんでした」

一筆したためるのは、商家の慣《な》らいだった。武家同士ならことばで通じたが、天保となってからは武家も一筆が必要となっている。

「分かった。あとで参ろう」

「もう一つございまして、おつねさんを奪《と》られました。赤子の付《つき》女中にと」

おつねは加太屋の女中頭だったのを、おかねが無理やり引き抜いたと聞いている。

加太屋にしても、赤ん坊を押しつけるなら、女中頭を返せと言いたかったのだろう。

「仕方あるまい」

一千石が三百になるのであれば、七婆が六婆となるほうが台所は助かるのだ。

「京の実家が、わたくしに持参金なるものを預けてくださっております」

おいまは当分の間それで凌《しの》げますと、けろりと言いのけた。

香四郎は恥入った。旗本の主《あるじ》たる男が、妻の実家から援助を受けるのは情けないとの思いに捉われていた。

が、おいまは気にもせずことばを放った。

「この娘《こ》の名を決めました。おみねと」

峰近の名から取ったのだが、はじめはおこうにするつもりだったと笑っていた。

どっちにしても、峰近香四郎に結びつく名である。嬉しくはなかった。

「まぁ、旦那さまったら、気難しい顔をなさって。おみねちゃん、お父さまを叱りなさい」

「わたしは、その子の親ではないぞ」

「殿のお子と、決まりましてございます。深川の芸者に産ませたのです」

「和蔵。なにゆえに、芸者の子と決めた」

「南町のお奉行さまの使者が昨夕、やって参りました。この差料《さしりょう》とともに」

差し出された大小の太刀は、老中の阿部伊勢守より拝領したことのある村正《むらまさ》で、菊の細太刀が免官で返されたろうからと、届けに来たとのことだった。

鯉口《こいくち》を切った香四郎は、鎺《はばき》に葵紋が刻印されているのを確かめた。

「申し上げておきます。殿は正六位上の諸大夫でなくなりましたものの、幕府評定所の留役はそのままなのです」

「――――」

遠山左衛門尉は、香四郎が牢屋《ろうおく》に押し込められたことから、免官となったことまで知った上で、老中首座とその後の処遇を検討してくれたようだ。

まだ使えそうな男、と。

ひと筋の光明が射してきたと同時に、牢の揚座敷で高島秋帆と隣あわせになったのも、阿部と遠山の配慮かと思わずにはいられなくなった。

「おみね。ここへ参れ」

香四郎は赤ん坊を抱こうと、手招きした。

「あらまぁ、父娘《おやこ》ご対面」

女中たちの中から歓声が上がり、おいまの抱く赤ん坊が手に渡された。

ギャァと泣き出されたのはもちろんのこと、香四郎の腕が温かくなったので、襁褓《おむつ》の濡れたのが分かった。

が、なぜか香四郎は堪《こら》えてみようとしたのである。

南町の遠山がまだ使えそうだと判断したのは、この赤ん坊が加太屋とつながりを付けそうだと見込んだからだろう。とするなら、おみねは幸運をもたらしてくれる女神なのではないか。

縁起をかつぐ香四郎ではなかったが、巡りあわせはわるくないようだと、ジワッと沁みてくる赤ん坊の小水に身を委《ゆだ》ねていた。

「においませんか」

赤子を取り上げたおいまが、呆《あき》れた。

しかし、牢屋にいつづけた香四郎には生きている証《あかし》と思え、口を開けて笑った。

——加太屋へ行き、その足で老中の伊勢守を訪ね、武州岡部へ下調べに向かいたいと申し出よう。

岡部藩安部家預《あずけ》となる高島秋帆に、不自由をしてほしくなかったからである。

そして今ひとり、秋帆の弟子となっていた斎藤弥九郎にも会って礼を言いたかった。

「和蔵。帆影会に剣客がいるはずだが、話を付けておいてくれぬか」

「仰《おお》せのお方は九段坂下の、練兵館《れんぺいかん》の道場主でございますね」

「やはり仲間か」

「いいえ。斎藤先生には、客分としてお名をいただいているだけで、わたくし面識はございません」

弥九郎は若いころ通っていた剣道場で同門だった江川英龍《ひでたつ》と馴染み、私淑《ししゆく》するようになった。英龍のほうが年下だが、大砲《おおづつ》のことや異国事情に詳しいことで、弥九郎は一も二もなく随《したが》ったという。

「豆州韮山《にらやま》代官の江川どのは人徳にもすぐれているらしいが、斎藤どのは剣術より大砲のドカンを上と見たか」

「そうではございませんで、天下一の剣豪ともなりますと、世界の果てを知りたくなるようです」

十年ほど前、弥九郎は英龍の江戸詰の書役として、豆州と江戸を往復しはじめ今につづいているらしかった。

それでも和蔵は仲間を通じて、弥九郎と会える手筈《てはず》を調《ととの》えますと、その場から出て行った。

香四郎は小さな吐息をついた。

なにごとに限らず、一流の者がより広い世界を見据えていることにである。優れた技を手にしても、安住することなく目を外に向けられるのが一流なのだ。翻《ひるがえ》って、おのれの器量のなんと狭いことか。

石高の上下や役職の異動に一喜一憂し、成り上がるにつれ知らぬまに損得勘定をしていた。

「江戸っ子の、名折れ」

つぶやいたが、近くにはもう一人もいなかった。女中たちはおのれの仕事に戻り、おいまやおかねは赤ん坊の世話を楽しんでいる。

「さて。加太屋へ参ろうか」

「明日でも、よろしいではありませんか」

「おいま。赤子に情が移るぞ」

頬ずりをして離さない妻女に、口を尖らせた。

「なんと邪険なお父上さまなのでしょうね、おみねは好《よ》い子ですと、蹴っておしまいなさい」

抱えた赤ん坊を押しつけられた香四郎は、小さな足の裏をおのれの頬に押しあてた。

「よくできました」

老女おかねまでが、子どもを香四郎の子のように扱った。

「分かったよ。加太屋へは明朝に。わたしは疲れを癒《いや》さねばな」

そこへ膳が運ばれた。

「空腹でございましたでしょうね」

六人となった婆衆がもたらした飯は、天にも昇る心地の旨さだった。食材もさることながら、塩加減に舌鼓《したつづみ》を打っていたのを気づく者はいなかった。

三つもの火鉢に囲まれながらの贅沢に、三百石の減封が気にならなくなっていた。

「一から出直し」

香四郎の声にならないつぶやきに、赤ん坊が笑ったような気がした。

〈三〉 剣客 斎藤弥九郎《やくろう》

一

一千石の大身とされる旗本が三百石に減封されたにもかかわらず、香四郎《こうしろう》の心もちは落ち込まなかった。

理由は一も二もなく、妻女おいまにある。

なにごとにも動じない上、人の幸も不幸もわがことして呑み込める資質があったからにほかならない。

公家の出だとか裏長屋に生まれたからとか、家によって作られた性分《しょうぶん》ではないことは、同じ屋根の下に育ったどこの兄弟を見ても知れよう。

兄が真面目で弟が道楽者、姉は吝嗇《けち》でも妹は銭《かね》の出し惜しみをしないなど、ちがいはいくつも見られるものである。

香四郎は下品な公卿《くぎょう》がいて、気高《きだか》い貧者がいることを、目にしてきた。

おいまは、いわゆる姫君の印象をことごとく覆《くつがえ》す女だった。

気さくで明朗、利口な上に侍の魂に近い矜持《きょうじ》を胸の内に秘めている妻女は、嫉妬を知らないのではと思えた。

多分としか言えないが、それこそが香四郎の力となっていたのは確かだ。

京都からの持参金が助《す》けてくれたのでも、朗《ほが》らかでいつづけることからでもなく、他家と比べようとしないところに援《たす》けられたのである。

伝馬町《でんまちょう》の牢《ろう》に数日のあいだ押し込められていた香四郎だったが、こうして髭《ひげ》も月代《さかやき》もきれいに剃り、着物まですっかり新しくすると、見ちがえるほどの風格となった。

「千石のときより、三百石となった今のほうが立派とは」

輿《こし》入れ道具の姿見《すがたみ》に映るおのれが、二十二歳の侍らしさを甦《よみがえ》らせてきたかと悦《えっ》にいったところで、揶揄《からか》われた。

「三百石並の旗本であると、みずから名乗ることはおまへんえ」

女の用人にして老女の、軽口である。

「おかね。左様な言い方はあるまい」

「けど、ほんまでっしゃろ。貫目《かんめ》が、いささか軽うおます」

「太るとよいか」

「目方やおまへん。まことの押し出しいう風格ですがな」

「少しは横柄《おうへい》になれと」

「阿呆《あほ》でおますがな。人徳あっての、貫禄ですえ」

「分かっておる。みなまで申すことはあるまい」

やり込められたときは三十六計、逃げるしかなかった。女にことばで勝てないことを、香四郎は家を継いでから知った。

禄を食《は》む武士が邸《やしき》の中で無口なのは負けるからで、町人の夫婦が罵《のの》しりあえるのは双方ともに助っ人が付くからなのだ。

「ちょいと、お隣さん。今の言い方は酷《ひど》すぎませんかね」

「犬も食わねえ夫婦の喧嘩に、口を出すねい」

「あたしゃ加勢してるんだ」

「隣から聞いた口ぬかしやがって、十年早いぜ」

「なんだって、女に手を上げるのさ」

「言うことが分からねえから、体に教えてるんだっ」

怒鳴りあっている内に、大家があらわれる。

「まぁまぁ朝から、大声で。みっともないじゃないかね」

長屋じゅうが集まり、東西ならぬ男女の関ヶ原となって、いつのまにか収束をするものだった。

が、武家に助っ人は来ないし、婿《むこ》養子となれば追い出されかねないのだ。

男は黙ってとは、侍への金言となっていた。


香四郎は今日、隠し子とされた赤ん坊の男親として、里子の受け手となる加太《かぶと》屋《や》へ出向かなくてはならない。

おのれの子でもない捨て子の、父だと偽《いつわ》ることに不服はなくなっていたが、上手な嘘をつけるかが気になっていた。

旗本の子であれば、預るかもしれない。しかし、実の子でないと見抜かれたら、里子の話はなくなるだろう。

「よろしいではありませんか。見ず知らずの商家へ預けて辛《つら》い目にあわせるより、わたくしが育てます」

子どもに執着する新妻おいまだったが、老女は軽く受け流した。

「十六におなりとはいえ、奥さまはようやく青味が取れたばかりではございませんか」

「青味——」

「お尻《いど》の上に残る青い薄痣《うすあざ》ですよ」

「…………」

子どもでは赤ん坊を育てられませんと決めつけられ、おいまは口を尖らせた。傍《かたわら》にいた香四郎は、ますます加太屋でしくじるわけにはいかないと、苦い顔となった。

が、老女は素知らぬ表情で、頼みますよと目で物申したのである。

用人かね子ばかりか、南町の遠山左衛門尉《さえもんのじょう》、ひいては老中阿部伊勢守の意向が、香四郎の気を重くさせた。

「東の鴻池《こうのいけ》と呼ばれる影の豪商と近づく千載一遇の切っ掛けを、逃すではないぞ」

奉行のひと言は、軽くなかった。

幕府御金蔵《ごきんぞう》が底を見つつあるとは、香四郎も聞き及んでいた。

先年の水野越前守忠邦による改革は、それを増やすことを目的としたが、かえって反感を買い、御金蔵は増えるどころか減ってしまった。

遠山が言うには、背に腹は代えられぬという。

「承知しておろうが、越前さまの天保の改革は悪評を買った。しかし、目指したのは、なにを措《お》いても銭《かね》であった」

奢侈《しゃし》禁令に引っ掛けて商人《あきんど》を所払いにしたことにはじまり、貨幣を改鋳《かいちゅう》したことまで、すべて懐《ふところ》具合を良くするためだった。

「その理由として、異国の侵略から国を守るためになると付け足したのが、天保の老中首座だ」

強引すぎたゆえに失敗したが、今の首座である伊勢守も喉から手が出るほど欲しいのが銭だと言い切った。

どいつもこいつも銭ばかりかと呆《あき》れたが、香四郎は幕府の困窮を見捨てられる幕臣ではなかった。

上手く行くだろうかと不安になる中、肚《はら》を括《くく》ろうとしたとき屁が洩れた。

尻の穴が弛《ゆる》んでいるのは本気にほど遠いからと、褌《ふんどし》を締め直した。

プッ。

もう一発放《ひ》った。

野良猫が、香四郎に呆れた目を向けて、去って行った。

二

番町と麴町《こうじまち》は隣あわせで、駕籠《かご》を拾うまでもない。香四郎は肩の凝らない羽織袴で、加太屋に出向いた。

おかねに教えてもらわなかったら、まちがいなく見過ごしてしまったろう。それほど地味な設《しつら》えの邸《やしき》だった。

囲い女《もの》の妾宅《しょうたく》ふうを見せる加太屋本宅は、黒板塀《くろいたべい》に見越《みこ》しの松が枝《え》を伸ばしている。

瀟洒《しょうしゃ》と言えないこともないが、足を踏み入れると香四郎の峰近《みねちか》邸と比べられないほど、見事な植木や庭石がかたちとなっていた。

門番を置かず、玄関脇から下男の年寄りが走ってきた。

「どちら様で」

「峰近と申せば分かろうが、女中頭《がしら》のおつねを呼んでほしい」

「へい、只今すぐに」

踵《きびす》を返した下男だが、そこへおつねが出て来たので深々と頭を下げて引っ込んでしまった。

女中頭おつねは、重用されているようだ。

香四郎を見て、晴れやかに笑ってきた。

「お待ち申しておりました。おみねちゃんは、すくすくと育ってましょうか」

「おいまが、壊れ物を扱うごとくだ」

「若い奥さまが甘やかすのですね。こちらで預るのがいいに決まってます」

里子の話は決まったも同然かと思いたかったが、香四郎は油断禁物と下腹に力を入れた。

「あぁっ」

プウと出るかと気を弛《ゆる》めたところ、実《み》が出そうになった。

今朝、出掛けに用を足してはいたが、腹が弱くなった気がする最近である。

中味まで出しては、笑ってごまかせない。

「す、済まぬ。厠《かわや》へ」

「はい。こちらへ」

怪訝《けげん》な顔をしたおつねに導かれ、香四郎は厠へ駈け込んだ。

「——」

目を剝《む》くほど、明るい雪隠《せっちん》だった。厠とは昼でも暗いところと決まっていた。ところが、加太屋の厠は壁の一面が明るく、赤いものが動いているのだ。なんだろうと見つめると、赤いのは水に泳ぐ金魚で、壁の側面はギヤマン貼りとなっていた。

水槽と呼ぶ桶の話を、聞いたことがある。客間の天井をギヤマンにし、明かり取りを兼ねたそこに、金魚を飼う豪商が贅沢にすぎると所払いになった。加太屋は客間という目立つところへギヤマンを貼らず、雪隠の脇に水槽を設えたのである。

割れないのかと触れたが、厚いものだった。

三匹いる金魚に、用を足すのを見られるのかと妙な緊張したが、出るものは出た。

袴を着《つ》け直し、手水《ちょうず》を使うと手拭が差し出されてきた。

年増《としま》の女中だったが、武家女の仕種《しぐさ》かたちだと見て目を瞠《みは》った。江戸一番の上質屋《うわじちや》となると、町家の女を雇わないのかと、これにもおどろかされた。

おつねに案内された座敷には、なにひとつ変わったところはなかった。

煎茶に饅頭、極上とは言い難いものである。味わったとき、唐紙が開いた。

「ようこそおいでくださいました。加太屋誠兵衛《せいべえ》にございます」

半分が白髪、顔の四角い五十男は木綿物《もめんもの》に行灯袴《あんどんばかま》という砕《くだ》けた恰好だった。

「峰近、香四郎と申す。この度は、なんとも――」

「どうか、頭を下げずにねがいます」

誠兵衛に忌憚《きたん》ない笑顔を返され、香四郎は思わず脇にすわったおつねに目を向けた。

おつねは顔いろ一つ変えることなく、主人の誠兵衛を見ていた。

香四郎は次のことばに困った。

いきなり里子を頼むと切り出せないばかりか、芸者を孕《はら》ませたという嘘が上手につけそうにないと、躊躇《ちゆうちよ》したのである。

銭《かね》を借りる以上に難しい頼みごとが、広い世の中にはあるのだ。

顔を上げ、頭を下げた。

「面目なき不始末、お笑いくだされ」

精いっぱいの嘘が、口から走り出ていた。

「なんとこれは、お旗本に頭を下げられるなど……」

誠兵衛の本気か大袈裟《おおげさ》な謙遜か分からない香四郎は、ますます返答に窮した。

静寂が気まずさを作りそうになったとき、おつねが打ち破ってくれた。

「旦那さまが赤子を預からないと仰《おお》せでございますなら、わたくしめが一人で育ててご覧にいれます」

「おいおい。折角戻ってくれた女中頭に出て行かれては、加太屋は奉公人の出入りが激しい家と、後ろ指をさされるではありませんか」

「では、明日より峰近さまのお子を、当家に迎えることにいたしましょう」

「――――」

「…………」

誠兵衛も香四郎も、おつねの言い切りに啞然《あぜん》として、互いに見つめあってしまった。

香四郎の子なのかどうか預けるにあたっての約束、さらには子どもの将来についてまで、なに一つ話しあうことのないまま決まったのである。

見事なまでの手際は、さすが女中頭として引っぱり凧《だこ》とされる所以《ゆえん》と思えた。

ここでもまた、女に助けられた香四郎だった。

知らぬまに門の脇に置き去りにされた赤ん坊を、峰近家の女たちが暖かく迎えたことにはじまる。

あれよあれよというまに、江戸一番の金満家へ話がつけられていた。

香四郎は、なにもしていない。もちろん威張れるはずもなく、何卒《なにとぞ》よろしくと両手をつくしかなかった。

おつねは加太屋の気が変わらない内にと、香四郎をうながした。

「なれば赤子を連れて参りますので、わたくしは峰近の殿さまと番町のお邸へ」

加太屋誠兵衛は呆気《あっけ》に取られ、うなずくだけだった。

手入れの行き届いた玄関先の庭を眺める暇も与えられず、香四郎は外へ出されてしまった。

一歩外に出ると、麹町のありふれた通りとなる。ギヤマンの厠に目を瞠ったのを、忘れてしまいそうな貧富の差が見えてきた。

「おつね。加太屋とは、聞きしに勝る質屋であるな」

「質屋はとうに辞め、もう七十年ほど昔に上質《うわじち》という金貸しです」

「七十年も昔とは、田沼老中の頃……」

国を富まそうと商いを重視した田沼意次が、上質屋を生んだのかもしれない。

改革なんぞと声高《こわだか》に叫ばず、そっと仕組みを変えた昔の天下びとの凄さに舌を巻いた。

その田沼は罷免《ひめん》されたが、いまだに市中の質屋へ銭をまわす加太屋だけが、生き残っている。

部屋住《へやずみ》だった旗本の四男坊とは、あらゆるところで雲泥《うんでい》の相違があるのだ。

情けないと思う以上に、出世する器にあらずと諦めるしかなかった。

町なかで三歩うしろをついてくるおつねが、声を掛けてきた。

「加太屋の旦那は、深川に人を走らせていたかもしれませんです」

「深川の芸者が、誰であるかと探っていたか……」

赤ん坊を産みおとした芸者がいたとしても、香四郎の名が出るわけはない。ところが、嘘はバレる。

だとすれば、加太屋誠兵衛は香四郎に真意を問いただすべく、手ぐすねを引いていたのかもしれない。

香四郎はしどろもどろとなって、答えに窮したろう。

そして里子の話は、破談となったのだ。

「おつね。おまえの働きである」

痩せた身をさらにすぼませた七婆衆《しちばばしゅう》の一人は、とんでもないと顔の前で手をふった。

「どこの子であろうと、きちんと育てたい。わが子だけ大事にしようとする昨今の風潮に、抗《あらが》っているのでございます」

峰近家の門前に、政次《まさじ》が立っていた。

「おや。おつねさん、お戻りですか」

「政さん。あたしは出戻りになりませんでしたよ、嬉しいでしょ」

「いいや、残念ですねぇ。てっきり七婆衆が揃うかと思ってました」

「七婆衆は、どこへ散ってもそのままですって」

「そりゃ心強いや。となると、あっしは加太屋お出入り勝手だ」

「彫物《ほりもの》を背負った臥煙《がえん》は、お武家からいらした奥女中さまに、出てゆけと長刀《なぎなた》をふるわれますよ」

「おっかねえ」

奉公人同士の軽口に、香四郎はおつねが峰近の者でありつづけることと、加太屋にいた女中がやはり武家の女だったことを知った。

勝手知ったるとばかり、おつねは家に入り、里子が決まったと告げた。

おいまを除く全員が笑顔を向ける。おいまは情が移ってしまったものか、赤ん坊を抱きしめた。

「ご心配は無用でございますよ、奥さま。幼児《おさなご》を邪険に扱ったり、他所《よそ》へ放ってしまうような加太屋さんじゃありませんです」

会いたくなったらいつでも連れて参りますと、おつねは骨太ながら痩せた胸を叩いた。

香四郎は家中を上手に切り盛りしてくれる女中たちに安堵し、この先どのように影の豪商と付合うべきか考えつつ、若妻の抱く赤ん坊を見た。

――里子が吉と出るか凶と出るか、おまえ次第ぞ。

眠っているかと見たが、薄目を開けて睨まれたような気がして、三百石の痩せ旗本は顔をそむけてしまった。


とりあえず上質屋とつながりが付いたと、香四郎は南町奉行所を訪れた。

「あっ、峰近さま。今お邸へ、使者を出すつもりでおりました」

「なんぞござったか」

「和田倉御門の評定所《ひょうじょうしょ》へ、お出向きねがいます」

奉行所の同心は香四郎を見て、ちょうどよいところだったと安堵の笑顔となった。

「手間が省《はぶ》けたからと、笑うものでもあるまい」

「いいえ。その、峰近さまは鉄砲玉との噂がございまして、なかなか捕まらないと……」

「鉄砲玉とは、行ったまま帰らないとの意であろう」

「はぁ、先日までの話です」

余計なことまで申しましたと、同心は気にしないで下さいとの顔をした。が、香四郎はムッとした表情で言い返す。

「以前のわたしは、どこへ行ったことになっておったのだ」

問われた同心は、真顔になった。

「女の尻を追っているゆえ、とても探せぬと」

「…………」

評判なり噂は、ひとり歩きするいい加減なものであろうが、町方の若い同心にまで広まっていることに呆れた。

が、思い出すまでもなく、芝居茶屋の女将《おかみ》に入れ込んでいたときもあったと、言い返せなかった。

諸藩の上屋敷がつづく大名小路を北へ歩けば、伝奏《でんそう》屋敷と並ぶ幕府評定所となる。近い。

呼び出されたのは、臨時の評定が開かれるからだろう。

香四郎の賜《たまわ》った留役《とめやく》とは右筆《ゆうひつ》に近いものだが、出役と附《ふ》されているのであればその下の控えにちがいないのだ。

香四郎は、黒紋付に羽織ではないことに気づいた。

「峰近さまへと、お奉行が着替えを用意しておられます」

なんとも手廻しがよいと感心したが、家紋がちがっていた。

「これは、どなたの」

「紋など分かりはしないとのことです」

若い同心も、お偉方をなめていた。

そういうものなのだろう。どこの武士かと、胸元の紋を見て確かめることはなく、馴れというのはちがう紋を付けていても見逃すものなのだ。

門衛所で着替えをしながら、昨今の侍は家を背負っていないことに思い至った。

先祖に申しわけが立たないとか、家名を雪《そそ》ぐかと言うくせに、ほんとうの有り様とはそんなものなのである。

「勤王を言い出す侍があらわれる下地は、そうしたところにあるか……」

香四郎のつぶやきに、気づくような者はいなかった。

代わりに、散りはじめた銀杏《ぎんなん》の葉がざわついた。

三

和田倉御門の幕府評定所は、公卿の武家伝奏屋敷と隣あわせだが、入口は離れている。

いつも物音ひとつ立てず、ひっそりとしている伝奏屋敷だが、今日は一段と静寂を見せていた。

ほんの数日前まで、香四郎はこの塀の内に出仕《しゅつし》していたが、だいぶ後になって南町の古参与力から聞き知ったことがある。

「伝奏屋敷には、京都より勅使が下向いたした折、大名が御馳走役として屋敷内に詰めることになっております」

幸か不幸か、香四郎が諸大夫《しょだいぶ》であったときに朝廷からの使者はなかった。

「それゆえ、空き部屋がいくつもあるのだな」

「信じ難いほどの饗応《きょうおう》が、数十日もつづくのです。峰近さまも、おこぼれに与《あず》かれるでありましょう」

朝昼晩の酒食はもちろん、贈答の品々は引きも切らないらしかったが、名誉となる御馳走役を命じられた大名は泣くとつづけた。

「掛かりと申すところの出銭が、並大抵ではないということか」

「左様。高家お旗本の主導で、それはもう千両箱が空になるそうです」

与力はご相伴《しょうばん》に与かれるはずと羨《うらや》んだが、香四郎は当節にあっては大名家が勤王に寄り添うまたとない機会になり得るのではと考えてしまった。

評定所の前は、物々しいほど大勢の衛士が立っていた。次から次へと武家駕籠《かご》が着到し、幕閣の御歴々が表玄関へ入る。

香四郎は人の途絶えたところを見計らい、石を敷き詰めた玄関に足を踏み入れたとたん、前に立った役人から誰何《すいか》された。

「どちらの、ご家中か」

「峰近と申す。留役控とされたはず」

徒歩《かち》であらわれ、供侍《ともざむらい》ひとり連れていない香四郎だった。

誰何した役人は奥へ人を走らせ、峰近なる者の真偽を確かめさせた。

面倒なことになりそうだと舌打ちをしたとき、香四郎は右手につかんでいた太刀村正《むらまさ》が目に入った。

村正の鯉口《こいくち》を親指で押し、鎺《はばき》の刻印を役人に見せた。

「ごっ、ご無礼のほどを――」

三ツ葉葵は、天下御免の証《あかし》にほかならない。役人は自ら先導となって、香四郎を中へ案内した。

五十畳ほどだろう。襖《ふすま》はどこも松が描かれ、一段高い御座所に人はなく、老中首座の阿部伊勢守正弘をはじめとする老中、寺社奉行、大目付らが半円を描くかたちで着座していた。

そこには南町奉行の遠山もいるし、若年寄とおぼしき大名もうかがえた。喫緊《きっきん》の臨時評定らしく、月例の評定より人数が多いようだ。

香四郎は廊下の敷居に近い末座に席を占め、大人しく控えた。

が、阿部伊勢守に見つけられ、手招きをされた。三百石の旗本を知る者など、阿部と遠山のほか、この場にはいない。

「何者だ、あの若造は」

白い目で見られる中、香四郎は部屋の隅を進みながら、老中の傍《かたわら》に控えた。

「もそっと、近《ちこ》う」

命じられた香四郎は一礼し、伊勢守の斜め背後にすわった。

「ご一同お揃いとなりましたゆえ、月番の北町鍋島内匠《たくみ》、評定のはじまりを申し上げまする」

進行役なのか、北町奉行の鍋島内匠頭《たくみのかみ》が扇子を立てて、声を放った。

石高五千石の内匠頭は、佐賀藩主を実父にもつ旗本である。四十半ばであろうか、三百石の香四郎とは石高同様の差が見て取れた。

落ち着きぶりに、不遜なところがない。南町奉行の遠山は五十をすぎている。

二人を比べるものではないものの出自《しゅつじ》のちがいは香四郎にも分かった。

市中を彷徨《ほうこう》していた遠山と、大名屋敷に育った鍋島。が、ともに人としての徳を備えているとは、旗本三男坊仲間の通説となっていた。

香四郎はその北町に捕えられ、伝馬町の牢《ろう》に押し込められたはずだ……。

刹那《せつな》、悲憤が込み上げて、内匠頭を睨みつけた。

目が合った。

ところが、北町奉行は柔らかな笑いを口元に見せた。

「――――」

香四郎の頭の中に、数日前の牢屋《ろうおく》での扱われ方が甦《よみがえ》った。

小手に縛り上げられたり、竹刀《しない》や笞《むち》で打たれることはなかった。塩控えの食事は、隣房からの差入れで凌《しの》いだ。

そしてなりより、番人の監視は手ぬるかった気がする。

——伝馬町への入牢《じゅろう》は、南北奉行の談合だったのではないか。

峰近家床下《ゆかした》の火薬《ひぐすり》の真偽がどちらであれ、香四郎が早々に白状するかどうかを見極めつつ、高島秋帆《しゅうはん》と近づけようとしたのかもしれない。

結果は、及第とされた香四郎だったのだ。

遠山がというより、阿部伊勢守による深謀《しんぼう》遠慮かと、眼前に座す老中首座のゆったりとした背なかを見つめていた。

——まさか、甕《かめ》の火薬を鍵屋《かぎや》へ運ばせたのも、伊勢守さま。

いくらなんでも、そこまではと頭《かぶり》をふった香四郎に声が掛かった。

「留役並《なみ》として武州岡部へ、この峰近を送るつもりで本日顔を出させた次第。面《おもて》を上げよ」

ひと膝乗り出した香四郎は、一礼した。

「なにか申せ、峰近」

伊勢守に言われ、高島秋帆の岡部藩預りに関する臨時評定だったと思いを至らせ、口を開いた。

「若輩ながら砲術について――」

「扇子、扇子を立てよ」

老中の注意に、香四郎は慌てた。

三人以上いる評議の場で発言する者は、膝の前に扇子を立てるのが決めごととなっていた。

さもないと声がかぶさり、醜《みにく》い言い争いになりかねないからである。

が、香四郎は着替えた際、扇子を置き忘れていたのだ。

伊勢守が横から手渡した扇子を、握りしめて立てた。

「逆である」

香四郎は扇の要《かなめ》を下にして、おのれの膝に立てたのだった。持ち換えて、言い直した。

「かように万事不作法ではございますが、砲術をこの六十余州のために生かすべく、御役を務める次第にございます」

一瞬の静寂が、香四郎を戸惑わせた。

よろしくないことばを吐いたつもりはなかったが、御歴々は意外なとの顔ばかりだった。

場を破ったのは、南町の遠山左衛門尉である。

「われら一同、高島秋帆の処遇のみに思いを巡らせ、砲術という技《わざ》の使い途《みち》まで頭を働かせなんだようでござる」

伊勢守は、遠山が扇子を収めると、つづいて立てた。

「左様。この国の民百姓のため、秋帆を見殺しにするわけには参らぬ」

なに気なく吐いた挨拶だったが、香四郎の株を上げたようである。

案の定、幕府評定は高島秋帆の扱いを巡る話となり、香四郎は控えるだけにとどまった。

長崎会所の重鎮として、三十年も交易に従事していたこと。砲術に限らず、異国事情に詳しいこと。そして秋帆自身は、朝廷か幕府かという区別そのものをしていないこと。

傍聴する香四郎には、これだけで十分だった。

——秋帆とは、是非にも話を……。

半刻《はんとき》ほどで、幕府評定は散会となった。

老中ら幕閣を見送った香四郎は、南町の古参与力に呼び止められ、早々に武州岡部へ出立《しゅったつ》してほしい旨を告げられた。

「明朝発《た》つつもりなれど今一度、伝馬町の秋帆どのに会っておきたい」

「そのことも含め、遠山さまが九段下の練兵館《れんぺいかん》へと、仰《おお》せでございます」

「斎藤どのの道場へか」

「話は伝えてありますゆえ、このまま九段下へ」

「お奉行へ礼を」

香四郎はその足で、天下の剣客斎藤弥九郎のもとへと急いだ。

高島秋帆の弟子として、師が牢屋敷に込められても幕府へ牙《きば》を剝《む》かなかった江戸一番の剣豪斎藤弥九郎は、ひたすら隠忍自重《いんにんじちょう》しつづけていた。

並大抵の辛抱ではなかったろうと、大名小路を歩きながら松の古木《こぼく》を見つめた香四郎だった。

冬になっても枯れない松に、剣の達人を見る思いがしてくる。

御城の濠を伝うように西へ進み、平川御門、清水御門と、御三卿の屋敷脇を抜けると、九段下の小屋敷街。

練兵館はと訊ねるまでもなく、野次馬が群れていることで分かった。

剣術の道場は、江戸において見世物《みせもの》となって久しい。ましてや名門とされる稽古所は、師範が登場するだけでヤンヤの喝采が起きた。

「見たかよ、今の目にも止まらぬ速さ」

「参ったって声を聞いて、打たれたのが分かったぜ。凄《すげ》ぇなぁ」

ただ見となれば、老若男女を問わず油を売るのが江戸者で、そんな野次馬を目あてに甘酒売りが商売をしている道場だと、臥煙の政次が笑いながら教えてくれた。

香四郎が玄関口に立つと、門弟らしい若侍が丁重な挨拶をしてきた。

「ご入門でございますか」

「いや、斎藤先生に目もじをと参った。峰近香四郎と申す」

「しばしお待ちを」

名門道場となると、家中に指南役がいても習いに来る藩士は少なくないらしい。

冬になったにもかかわらず、稽古場の熱気は伝わってきた。

「えいっ」

「とぉ」

掛け声も真剣味を帯び、流れる汗が見えてくるようだった。

俗に撃剣《げきけん》と呼ばれる激しい打ち込みが妙味の、神道無念流である。

泰平二百年がもたらせた侍の弛《ゆる》みを一掃せんとする者が、この練兵館に集《つど》っているとは、峰近家用人格の和蔵《わぞう》の話だった。

「外敵、異国の脅威をそれとなく感じている藩の侍だと、わたくしは思いたいのです」

異国船が出没することを、国表《くにおもて》に海をもつ藩士は知って、練兵館の弟子となるのだ。それればかりか道場主の弥九郎は、砲術の師である豆州韮山《にらやま》代官の江川英龍《ひでたつ》から、黒船の話を聞いている。

新しい弟子と話す内に、空言《そらごと》ではないと確証を持つ。そして総《すべ》てが、高島秋帆の言うとおりであると気づいた。

その秋帆を師と仰《あお》ぐ結社が〝帆《ほ》影会《かげかい》〟だと、和蔵が胸を張ったのを思い出した。

門弟が膝をつき、奥へと香四郎を導いてくれた。

天下の剣客は四十八歳相応の顔つきだが、首から下や手先にいたるまで力が漲《みなぎ》っているのが、常人とはちがって見えた。

「お待ち申しておりました。こちらへ」

堅苦しくない声柄に、香四郎は少なからずおどろいた。軽妙と言わないまでも、明朗な語り口が意外だった。

「伝馬町の牢では、塩に助けられました。改めて礼を申します」

「なんの。秋帆先生が役人に負けてもらうわけには行きませんから、いつもの差入れをしただけのこと。隣の房におられた貴方《あなた》に、先生がお裾《すそ》分《わ》けしたにすぎません」

恩に着るならば自分でなく秋帆だと、弥九郎は顔の前で大きく手をふった。

太刀を取れば天下無双の斎藤弥九郎が、まるで商家の大旦那を前にしている気にさせられた。

門弟が茶と菓子を運んでくると、香四郎にひと口をとすすめた。が、旗本としてすぐに手を伸ばすのは憚《はば》られ、遠慮した。

「聞くところでは、下戸《げこ》だとか。峰近どののため、評判の大福餅を買いに走らせました」

「わたしが下戸とは、南町のお奉行からですか」

「左様。ま、一つ」

言いながら、弥九郎は先に餅を口にする。

食べように卑《いや》しげなところがないのも、見ていて心地よかった。

ふたりは大福餅の粉で口の周りを白くさせながら、伝馬町の牢の話から弥九郎が師と仰ぐ秋帆の話になっていた。

和蔵の心酔ぶりとは別の、一流を為《な》した者特有の信奉を弥九郎に感じた。

「峰近どのにうかがいたい。秋帆先生はいずれ、無罪放免となりましょうか」

「絶対とは申しませんが、岡部藩安部家《あんべ》預《あずかり》になるということは、秋帆どのを牢屋に押し込めつづけられなかったからのはず。となれば、遠くない内に――」

敷居ごしに門弟があらわれ、香四郎は声を落としたが、弥九郎は弟子に内通するような小役人根性をもつ者はいないと笑った。

「先生。手合せをと、尾州名古屋より」

「分かった。今、参る」

道場破りなのだろうが、練兵館の斎藤弥九郎は自ら立合うつもりらしい。潔《いさぎよ》さもまた好ましく思えた。

口の周りを拭きながら出ていった弥九郎だが、すぐに戻ってきた。

「師範代にて、事足りるようでござった」

ひと目で相手の力量が分かるのも剣豪らしく、それでも威張るところは少しもなかった。

「斎藤先生には、秋帆どのへの待遇など色々うかがうべく、ご指導を」

「その話なれば道中にて。それと、先生と呼ぶのは、止《や》めていただきたい」

「道中と申されるのは」

「貴殿と拙者、武州岡部へ二人旅となりますな」

「ご同道を」

「弥次喜多《やじきた》の膝栗毛ほどに面白いとよいのですが、男同士では野暮なりと申されますか」

「まさか。ご一緒なれば、これに勝る旅はございません」

南町の遠山の提案で、秋帆に近い者を岡部に同行させて預け先の実証検分に送るとなったという。

人選には豆州代官の江川英龍をはじめ、長崎会所の者まで名が挙がったが、話が耳に入ってすぐ、弥九郎は自分がと名乗り出たのだった。

「理由は一つ。武州岡部行には、危険が伴う」

「危険がありますか」

「ござる」

言い切った弥九郎は、天下一の砲術家を巡って、大名家に限らず高島秋帆を引き置きたいと欲する者があまりに多いと付け加えた。

「朝廷がというより、尊王一派が砲術の大家を狙うのは分からなくもありませんが、罪人を奪還するような真似など、できるとは思えませぬ」

「なるほど公卿《くぎょう》や大名には、できないでしょう。しかし、博徒《ばくと》という無頼連中なら、請け負います」

「――――」

考えもしなかった博徒ということばに、香四郎は目を剝《む》いた。

弘化と改元される前の天保の頃、諸国には博徒と呼ぶ人別帳《にんべっちょう》を外れたヤクザ者が横行しはじめた。

未曾有《みぞう》の大飢饉が、あぶれ者を生み出した。平年並の作柄に戻っても、博徒は放蕩《ほうとう》を止めるどころか、義俠《ぎきょう》と称して乱暴な生き方に走った。

街道一帯を根城《ねじろ》に縄張りをつくり、長脇差を手挟んで無法を働いていたが、役人に捕まれば、獄門か島送りとなる。

「どうせ短い命。だったら、面白おかしく生きるか」

人別帳から外れた自棄《やけ》半分の無頼連中は、おのれの人生そのものを賭けた。

「命知らずと申せば聞こえはよいかもしれませんが、体を張った賭け、つまり人を殺《あや》めることで大枚を得ようとする連中です」

「それが、わたしに危険を及ぼしますか」

「左様。評定所の下役どのが、供も連れずに道中をするのでありましょう」

「………」

なぜかと問い返すのが、躊躇《ためら》われた。なにも分かっていない若造と、思われたくなかったのである。

「先年と申しても八年前ですが、江川英龍先生と甲州を見廻ったことがあり、その折は旅商人を装いました。世情不安の頃で、いきなりの狼藉《ろうぜき》ばかりは防ぎようがなかったからです」

「しかし、商人《あきんど》のほうが路銀を持っていると思われるのではありませんか」

「いや。追《お》い剝《は》ぎなれば、倒すこともできます。が、役人が無宿人狩りをしていると思われると、闇討ちをされてしまう。無頼どもも、必死でござった」

博徒にとっては死活に関わる大ごとだと、弥九郎は懐《なつか》しむような笑いを口元に見せた。

ようやく分かったのは、香四郎が火盗改方《かとうあらためかた》の役人と思われ、襲われることがあり得るというのだ。

「天下の剣客でも、闇討ちされては難しいと」

「もちろん。寝込みなり湯殿などは、とても」

「変装に異存はございませんが、やはり旅商人主従ですか」

「そう考えたのですが、門弟が申すには、私はどこから見ても商人には見えませんと笑われました」

香四郎は思わず相槌《あいづち》を打った。

「宮本武蔵です」

「あはは」

弥九郎は笑いながら、脇に置かれてある乱箱《みだればこ》を、香四郎の前に引き出した。

「これは道中合羽《がっぱ》と、笠ですね」

三度笠と呼ばれる日除《ひよ》けであり顔隠しでもある被《かぶ》りものは、ヤクザ連中の拵《こしら》えとなりつつあった。

「渡世人と用心棒、いかがですかな」

今度は香四郎がニヤリと笑ってしまった。

「合点承知と、申しましょう。江戸で見つけた浪人者を用心棒として、親分のもとへ連れて行くわたしは、博徒の若造。楽しい旅になりそうです」

「出立は、明朝。深川の万年橋に、六ツ半。よろしいか」

「はい。仕度を調《ととの》えて参ります」

合羽と三度笠を風呂敷に包んでもらい、香四郎は道場をあとにした。

外に出ると寒かった。が、楽しい嗜好での道中に、香四郎は温かい気持ちになれた。

まだ雪には早そうだが、葉の落ちた樹木が殺風景を見せている中、辻駕籠を拾って番町の自邸へ向かった。

四

番町の峰近邸が打ち沈んでいたのは、赤ん坊が加太屋へ貰われて行ったからのようだ。

「ガッカリと気落ちしていらっしゃるのは若奥様だけですが、あたくしどもが赤子の手から離れたと喜んではねぇ……」

六人の婆さんの気遣いが、静まり返らせていたようである。

香四郎は奥を呼んで参れと、居間となっている八畳間へ入ったとたん、あらわれた。

「お帰りなさいませ」

「今戻った。聞くところによれば、意気消沈と」

「はい。ため息をついておりました」

「正直な妻女どのであるな」

「いけませんか」

喧嘩ごしとは言えないまでも、おいまはハッキリとした物言いをした。

「なんの。夫としては、有難い」

「底が浅いと、軽んじますか」

「左様につっかかるものでもあるまい」

「悔しいのです」

「赤子を盗られたような、気になると申すか」

「ちがいます。わたくしに子ができないことにです」

「………………」

子を産めない体なのかと、おいまを見つめると見つめ返された。

「懐妊とされる兆候《しるし》が、ございません」

「えっ」

「今朝いつもの月のものを、見たのです……」

「そなたと一緒になって、まだ十日と経ってはおらぬが」

「初夜に身籠《みごも》る人も、おられます」

「女《お》なごのことは、おかねに訊くとよい。いたせば、孕《はら》むというものではなかろう」

「いたすとは、なんと卑《いや》しいことば」

「済まぬ。しかし、案ずることはないではないか。いずれ、もういいというほど子宝に恵まれるかもしれぬぞ」

「――――」

言われたおいまは、なんとも言いようのない顔を返してきた。

「ところで、明朝わたしは武州岡部へ出立《しゅったつ》いたすことになった。戻るのは十日後、いや半月以上先になるやもしれぬ」

「御役なれば、喜ぶこと。祝膳《いわいぜん》を仕度させましょう」

「大袈裟《おおげさ》なことは、無用だ。また、水盃《みずさかずき》を交すほど深刻なものではない」

公家の娘として生まれ、大奥に四年ほどいたおいまは、子どもに恵まれないことだけでなく、知識にバラつきがあるようだ。

老中が考えている政《まつり》ごとに頭を働かせる一方、初夜に身籠らなかったと嘆いた理由が見えてきた。

「十六であった」

香四郎のつぶやきに、おいまは怕《こわ》い目を向けた。

「子どもだと、お笑いですか」

「いや、今宵《こよい》は十六夜《じゆうろくや》であったかと申したのだ」

「冬でございます。十六夜《いざよい》は、とうに過ぎております」

「そうだ。伝馬町にいたせいか、季節がどうも……」

頭を掻いて見せるしかなかった。

峰近家の草履取《ぞうりと》りを任じる政次が、武州岡部へ同行できませんでしょうかと言いだしたのは、夕餉《ゆうげ》のあとである。

「三度笠に道中合羽《がっぱ》は、お侍のものではござんせん。仕掛けがと仰言《おつしや》るなら、あっしにも役どころがあると思います」

香四郎が斎藤弥九郎を伴っての股旅《またたび》になる話を聞かせると、政次は膝を乗り出した。

「練兵館の先生が、博打《ばくち》なんぞを生業《なりわい》にする連中に詳しいとしても、どう見たって剣客です。また殿様だって、渡世人の仕来《しきた》りはご存じないでしょう」

「ではあるが、見た目が渡世人である限り大事あるまい」

「殿様。仁義ってぇのを切られたら、どうなさいます」

言いながら、政次は中腰となって構えた。

「なんだ、それ」

「分からないのでしたら、あっしをお供に」

「よかろう」

政次は仲間のところへ走り、使い込んだ合羽や三度笠を借りてくると出て行った。

その晩の寝床は、おいまと別になったのは言うまでもない。

しばらく留守にするのであれば、枕を交わすのが旅の前夜だが、赤い日は仕方ないことだった。

寒い朝、身仕度もしっかりと、香四郎と政次は深川の万年橋の袂《たもと》に立っていた。

馴れない三度笠の二人は、手甲脚絆《てっこうきゃはん》に長脇差、政次の肩には振分けの小行李《ここおり》が掛かっているのであれば、どう見ても股旅の道中者だった。

「待たせましたかな」

斎藤弥九郎が、裁着袴《たつつけばかま》に草鞋《わらじ》姿であらわれたのは可笑《おか》しかった。手には深編笠で、無精髭《ぶしょうひげ》。どこから見ても浪人である。

が、目つきばかりは常人のそれではなかった。

「当家の小者《こもの》で、政次。臥煙でして、博徒にも詳しい男です。供にいたしました」

「なんとも頼もしい限り。盤石でございますな」

香四郎は手に、布に包まれた村正を持っている。用心棒役の弥九郎に、差してもらうためだった。

「土地の役人なり、火盗改に誰何《すいか》された場合に役立ちます」

村正の鎺《はばき》に葵の紋が刻まれてあると教えられた弥九郎は、興味深げに口元をほころばせた。

「妖刀村正が、峰近どののもとにござったとは」

「はい。ご老中より、預かっております」

「徳川家が忌み嫌う銘刀を持って、なんともないとは頼もしい」

「いっとき菊紋を散らした細太刀に替わりましたが、今のところ凶相《きようそう》は降って参りません。もっとも、入牢《じゆろう》したのは別でしょうが」

「験《げん》を担ぐなど、馬鹿らしい」

「のようです」

うなずいた香四郎は、村正を拝領して出世したことを思い返した。

長崎奉行支配下となり、別格与力に昇進して千石になった。まもなく伝奏屋敷に異動すると、官位まで賜《たまわ》った。

ここで太刀が入替わったのである。床下《ゆかした》の火薬が騒ぎのもととなり、公家の娘を迎えたものの、入牢して三百石に落とされた。

――村正を手にしているときは、吉相を見たような……。

香四郎は持っていた村正を握りしめ、これは守り本尊かと握りしめた。

弥九郎は拝借いたすと言って、袋から取出し腰に手挟《たばさ》んだ。

「かような町なかで太刀を払うわけには参らぬが、手にするだけで嬉しい妖気をおぼえますな」

「嬉しい妖気ですか」

「力が漲《みなぎ》ってくるようなと、言い換えましょう」

橋の下を見やった弥九郎が、あれにと一艘《いっそう》の川舟を指さした。

武州岡部藩は、中山道の深谷宿に近い。江戸から十九里ばかりだが、歩くのではなく川舟で向かう。

大川に注ぐ小名木川《おなぎがわ》の万年橋から行徳《ぎょうとく》、そこから江戸川を遡《さかのぼ》って、利根川に合流する関宿《せきやど》、さらに遡り中瀬《なかせ》という関八州有数の河岸《かし》まで歩かずに行ける川舟である。

香四郎はこの春、乗っていた。武州幸手《さって》に出向き、結果として隠れ切支丹《きりしたん》と出逢ったが、表沙汰にはしなかった。

あの折、千住宿から庄内古川を遡り、栗橋で下船した。今日は、さらにその上流まで上ることになる。

「風さえ良ければ、早く着きますだよ」

船頭は一枚帆をたたんだ川舟を巧みに操りながら、東の行徳を目指した。

川舟の中には、香四郎たち三人だけで途中からの客もないという。

初冬の風は川面《かわも》をなでて、頬が痛いほどだ。

「笠を深く被《かぶ》りましょう」

政次のひと言で、三人はそれぞれ笠を傾けた。

懐手《ふところで》をし、しばらく無言のまま江戸市中を脱け出ることにした。

香四郎は真面目に、岡部藩安部家との対応を思い描いた。高島秋帆をどこに住まわせ、警固方《けいごかた》の在り方がどうなるかなどである。

横にいる政次はきっと、和蔵の思いを受け継ぎ、少しでも過ごしやすいようにと働きかけるにちがいなかった。

――そうか。政を供にと思いついたのは、和蔵だったのだ。

正面に坐す弥九郎は同じだろうか、あるいは秋帆の脱走まで考えているかもしれない。

伝馬町の牢は火事でも起きない限り逃げられないが、護送の途中なら隙《すき》はいくらも生じるだろう。

六年前の蛮社《ばんしゃ》の獄《ごく》でお縄になった高野長英は去年、出火に乗じて脱獄をし、いまだ潜伏中だった。

が、斎藤弥九郎はそこまで愚かには思えない。

――いったい、どうしようと……。

白河夜船《しらかわよふね》ではないが、川波の揺れは知らぬまに香四郎へ眠気をもたらせていた。

「栗橋の、川関所でございますよ」

政次の声に、香四郎は起こされた。

街道に関所があるように、川舟の往き来にも検問所が設けられている。

入り鉄砲に、出女。

こんな決まり文句は、とうの昔に失《う》せていた。

弘化となる前の天保期から、摘発は朝鮮人参であり、人はお尋ね者に限った。

薬用の朝鮮人参が取締まられるのは、高価ゆえに幕府への運上金を逃れようと、国内での抜け荷まがいが横行していたからである。

なにがなんでも御金蔵を満たしたい幕府の狙いは、改革のころ時価四万両分もの人参を手に入れたとも聞いた。

乗っていた川舟は、関所が近づくと帆を下ろし、櫓《ろ》に替わった。

「峰近どの。先を急ぎたいゆえ、これを使わせていただく」

弥九郎は村正の鯉口《こいくち》を切り、葵の刻印をあらわにした。もとより香四郎に異存などなく、任せることにした。

関所役人が岸の桟橋《さんばし》を指し、ここへと命じた。

舟べりに足を掛けた役人はあごを上げ、横柄に言い募った。

「笠を取れ」

三人は見るからに渡世者である。役人は懐から手配書を取り出し、めくるべく指を舐めた。

「愚図ぐずせずに、面《おもて》を上げいっ」

言ったものの、浪人者が差料《さしりょう》の鯉口を切っていたのを見て、役人は声にならない声を上げた。

「あっ、あ」

奇声は川関所の同役に伝わり、三人が駈けつけてきた。

「な、なに者」

役人たちは抜刀し、一人が呼笛を吹く。

大勢があつまったとき、乗ってきた舟の船頭は恐れをなして川へ飛び込んでしまった。

弥九郎は村正を抜き放ち、まっすぐに立てた。

「この紋どころを、ご覧《ろう》じよ」

夕陽に映えた三ツ葉葵を分からない役人はなく、一人は桟橋に這いつくばり、残る二人は太刀を納めて膝をつき、頭を下げていた。

「お通りを、ねがいまする」

言われたものの、船頭がいない。関所の御用船に川から拾われていたが、冷たい川水にふるえているのが明らかだった。

「ご無礼ながら、当関所の舟と船頭をお使い下さいませ」

「役目柄、公儀と知られるわけには参らぬゆえ、船頭のみ拝借したい」

気風《きっぷ》のよさそうな若い船頭が、あっしがと乗り込んできた。

五

風が味方したらしく、夕暮れ近い利根川を一枚帆の川舟はグングンと進んだ。

坂東太郎の名にふさわしい幅の広い利根川の両岸は、深まってきた冬を風に乗せてくる。

やがて舳《へ》先《さき》の提灯《ちょうちん》に火が入れられ、まさしく夜船となったが、昼のあいだ居眠りしていた香四郎であれば目が冴えてきた。

夜はますます色を濃くし、風が強まった。

舟の上にある限り、襲ってくる者はないだろう。このまま下船すれば、岡部城下まで目と鼻の先。旅籠《はたご》で一泊し、明日に備えればいいのだ。

「まもなく、中瀬河岸《がし》でございます」

利根川筋の河岸にあって、一、二を争う大きなところが中瀬河岸と言われていた。

大きさとは、繁昌ぶりである。

北に上州、南に秩父。そのどちらからも特産品があつまることで、この地に向かって街道がまっすぐ伸びていた。

田沼意次が全盛のころ、川船問屋が増えすぎたことで、船荷の取り合いがはじまった。

幕府への訴えは、利権の綱引きとなった。ところが、幕府は訴訟を放っておいたという。

競争させることで、運上金の確実な徴収が見えてきたのだ。問屋が三、四軒で談合をされては、荷数の把握ができないからだった。

善悪や正邪を裁定することなく、このときから銭《かね》が幅を利かせはじめたのである。

夜舟が河岸に着くと、船頭は無言で頭を下げ、香四郎たちの下船を丁重に見送った。

「暗《くろ》うございます。お一人ずつに提灯をと、申しつかっております」

「ほう、栗の実が印となってか」

赤く火のついた提灯には紋でなく、栗の絵が描かれていた。栗橋の川関所も洒落たことをすると、弥九郎は歯を見せた。

「船頭さん。岡部の城下へ行きてぇのだが、どっちだ」

政次が先に立ち、方向を訊ねた。

「ここを左に、まっすぐでございます」

「有難《ありがと》よ」

栗の絵提灯が三つ、辺りを煌々《こうこう》と照らした。

たった今まで乗っていた川舟が音もなく、船着場を離れていった。

「丁重なくせに、愛想のねえ船頭だ。あっしらの影が小さくなるまで、見送りゃいいものを。武州くんだりの田舎船頭たぁ、あんなものですかね」

「しかし、中瀬河岸は繁華と聞いていたが、うら淋しい」

「暗くなったら店じまい。これも田舎流じゃござんせんか」

政次のことばで立ち止まったのは、弥九郎だった。耳を澄ませている。

「先生。なにかございますか」

「夜ゆえ分からぬが、問屋の蔵が少なすぎないか……」

関八州の河岸の中でも、五本の指に入る中瀬である。蔵の二十や三十が並んでいても、おかしくはないはずなのだ。

香四郎は風が右から左へと、どこにもぶつかることなく流れていることで、蔵がないと気づいた。

「中瀬河岸では、ありませんね」

「田舎船頭の野郎、暗いのでまちがえたんでさぁ」

「いいや、関所の役人が付けた船頭である。万に一つのまちがいは、なかろう」

言いながら、弥九郎が鯉口《こいくち》を切った。

シュッ。

突然、風を切る音が立ち、香四郎の耳近くをなにかが掠《かす》めた。

「――」

「提灯を捨てて、散れ」

弥九郎の指図で、矢が提灯の火を目あてに放たれたことを知った。

ブス、バサッ。

捨てた提灯に向かって、二ノ矢と三ノ矢が飛んできた。

見知らぬ土地の、川べりである。どこになにがあるか、隠れるところの手がかりはない。

香四郎が這ったまま土堤《どて》を目指せたのは、水の匂いか、それとも川波の音か。いずれにせよ、芒《すすき》の茂みに身を潜めることができた。

栗の絵が描かれた提灯は、燃えてしまった。

月が出ていない上、星あかりもない中では弥九郎と政次の居どころもつかめないでいた。

――誰が狙ったのか。

分かっていることは一つ、栗橋の川関所で乗り込んできた船頭が、襲ってきた仲間であること。

もう一つある。葵の刻印を見せたことで、三人が幕府の隠密とされたこと。

――幕府の役人、それも将軍直々《じきじき》の者を、誰が襲うのだ。

使うとは考えられない。

謀叛《むほん》と考えると、わけが分からなくなった。

博徒《ばくと》なり無宿人が商売敵《がたき》を倒そうとするのなら、うなずける。しかし、弓矢を使うとは考えられない。


猟師の鉄砲は手にできても、弓術を身につけられはしないだろう。

——とするなら、襲ってきたのは武士。

燃え尽きた提灯とともに、襲撃はおさまっていた。

「峰近どの、大事ござらぬか」

「はい。政も、なんともないか」

「えへへ。大丈夫でございまさぁ」

声が三つあつまり、互いの無事を確かめあった。

「生きて三人揃っちまっては、またぞろ矢を射かけられませんですぜ」

政次が後ろへ下がると、香四郎は弥九郎から横に離れた。

目が馴れてくると、下船したあたりに蔵が一つ建っているのが見え、弥九郎は蔵の上から矢を放ったのであろうと言った。

「弓を使ったのなら、武家それも浪人者ではないとなりますね」

「うむ。藩士でしょう」

「岡部藩の者と、考えますか」

「ちがうな。私の推量では、秋帆先生を預かる大名家であれば左様なことはしない。むしろ、幕府から検分に来るわれらを歓待するはずです」

「しかし岡部藩安部家が、われわれを幕府からの使者と知り得ないはずです」

「峰近どの。役人を甘く見てはいけません。葵紋を見た川関所の者たちは、道中つつがなく送る手配をするため、船頭を選別している最中に、早舟を上流に走らせたはず」

「とは申せ、われらの行先までは知り得ないのでは」

「栗橋で川に飛び込んだ船頭から、聞き出しています。中瀬河岸まで、とね」

弥九郎ばかりか政次にも笑われたかと、香四郎は赤くなった。幸いなことに暗闇で、恥を晒《さら》さずに済んだ。

「となりますと、襲った者を手引きしたのは船頭ですが、背後にいるのは――」

「しっ」

弥九郎は耳を澄ませ、わずかに腰を落とした。

剣豪には及ばないものの、香四郎も耳を研ぎ澄まし、殺気を読もうと鯉口を切った。

が、分からない。迫ってくるものが感じられないのだ。

「遠ざかりましたな」

「大勢でしたか」

「いや、一人。おそらく矢を射かけた者でしょう」

他に気配はないと言い添えた弥九郎は、歩きはじめた。

下船した船着場の前に、屋根から矢を放った蔵があった。

「この軒下《のきした》を宿として、今宵《こよい》ひと晩あかすほかございませんな」

「冬の今、風邪をひいては元も子もない。せめて中に入れるなら……」

「殿。蔵の錠前を、壊しなせぇまし」

「無理だよ、政。村正でも、刃こぼれをしてしまう」

「ちげえまさぁね。懐《ふところ》の、短筒《たんづつ》でズドンと」

「あっ」

香四郎の懐には、二挺《ちょう》の飛び道具があったのだ。

忘れていた。

矢を射かけてきた折に唯一応戦できたはずの短筒だった。

やってみないと分からないと思いつつ、蔵の口に嵌《は》まっている大きな錠前に、短筒の先を押しあてた。

「音がしますが、近在で騒動になりませんでしょうかね」

「むしろ、大勢があつまる。葵の紋は、天下御免。名主なり代官の家に、泊めてもらえる」

香四郎は短筒を、錠前の穴に押しつけて引き金を引いた。

バンッ。

耳をつんざくかと思える音が、あたりの静寂に谺《こだま》した。

「こいつぁ凄《すげ》ぇや。錠前が、こなごなって感じです」

蔵の扉が開き、難なく入ることができたのは幸いとなった。

周囲からはなんの音もしてこない。蔵の柱に掛かる行灯《あんどん》に火を点《とも》し、各々《おのおの》が休める場所を見つけた。

「斎藤どの。先ほどの話をつづけますが、どこぞの藩士であろうとのことでした。謀叛を企《くわだ》てる藩とは――」

「水戸のほか、考えられませんな」

「御三家、水戸徳川ですか」

わけが分からない。

香四郎は冬の寒さにでなく、空恐ろしさにふるえる自分を懸命に押えるばかりだった。

〈四〉中瀬河岸《なかせがし》異聞

一

利根川べりの一軒土蔵には、暖《だん》をとれる火鉢ひとつなかった。

政次《まさじ》が荷を包んでいた菰《こも》を剝《は》がし、香四郎《こうしろう》と弥九郎《やくろう》の夜具にと持ってきた。

「上等でございますな。若い時分、諸国修行と称して野宿同様の晩をすごしたが、運がよくても地蔵堂にゴロ寝。菰などあった様例《ためし》はござらぬ」

「それはようござんした。二枚でも三枚でも、ひっぺがして参《めい》りやす」

「あはは。しかし、問屋商人にしてみれば、荷を保管するための菰。股旅者《またたびもの》なんぞが、汚してはなりませんな」

「斎藤先生。天下の剣客のほうが、大事でありましょう」

「峰近《みねちか》どのには申したはず。用心棒の浪人であれば、先生は止《よ》しにしていただこう」

　どこに人の耳があるか分からないと、弥九郎は香四郎が使った敬称を制した。

「なれば浪人どの、先刻の話を蒸し返します。水戸が葵紋の隠密を狙うわけを、お教えいただきたい」

「端的に申すなら、秋帆《しゅうはん》先生を岡部藩に預けるのは危ういと言いたいはず。安心して留め置くなら、御三家の水戸徳川しかないと思わせるための、威嚇《いかく》ですかな」

「本気で襲ったのではないと――」

「左様。われら三人を抹殺したいのなら、大勢で襲ったでありましょう。ところが、射手《いて》ひとりだけであった」

　放たれた矢は、香四郎の脇をすり抜けた。威嚇であるなら、人死《ひとじに》が出ても出なくてもいいのだ。

　蔵から的《まと》が遠かったことで、香四郎は命を落とさずに済んだだけなのである。

「考えたところで、正しい答は出ぬ。夜の明ける前にここを出ないと、今度は問屋筋に睨まれますぞ。錠前を壊したと」

「殿。寝たほうが、疲れが取れますぜ」

政次のことばに弥九郎もうなずき、菰を被《かぶ》って目をつむったようだった。

川舟の中で居眠りしていた香四郎であれば、目は冴えてきた。

――水戸は今、門閥派と急進派に二分されている……。

門閥の一派は守旧を旗じるしに、徳川本家を忖度《そんたく》することで立場を堅固にしようとするはずだった。

しかし、前藩主の斉昭《なりあき》を担ぐ急進の一派は、尊王攘夷すなわち異国船の撃退こそ肝《きも》となっているのだ。

高島秋帆を手元に置き、新式の大砲《おおづつ》とその扱いを、どこよりも先に身につけたいのである。

――われらを狙ったのが水戸なら、まちがいなく急進派だろう。

そこに思いを至らせた香四郎は、半身を起こしていた。

天下の砲術家が斉昭の手に握られたら、黒船は沈められる。沈められた船の国は、戦《いく》さを仕掛けてくるのではないか。

清国はエゲレス船の猛攻に、白旗を掲げたと聞いている。

――国が侵略される。男も女も、奴婢《ぬひ》とされてしまう……。

ふるえた香四郎に、弥九郎が咳払いで戒《いまし》めた。

明六ツ前、政次に揺り起こされた。

「ここは、どうやら中瀬河岸の一つ二つ川下の、小さな河岸のようです」

「政、おまえ中瀬まで行ったのか」

「とんでもねえ。ここの屋根に上がりまして、東の空が明るんだところで眺めました」

臥煙《がえん》にとって土蔵の上に行くために、梯子《はしご》など無用である。

「川舟問屋の蔵がいくつもあったかな、臥煙どの」

「へい。三十や四十じゃござんせん繁昌ぶりで、夜の明ける前から、荷駄が列をなしておりました」

「中瀬河岸まで、どのくらいの里程と見る」

「一里半ってとこですかね」

「参ろう」

弥九郎が急き立《せ》てた理由は、繁華なほうが狙われないとの目論見《もくろみ》と、腹が空いては戦さができぬとのことからだった。

政次は夜着として使った菰を元どおりにし、周囲を確かめて外に出た。

「とりあえず土堤道《どてみち》を辿って行けば、脇街道くらい見えてくるでありましょう」

三度笠を被った香四郎と、深編笠の弥九郎が後につづいた。

土堤に上がって見ると、とうに稲刈りが終わった田がどこまでも広がっている。

その上を渡る冬の風が、肌に痛かった。

「見渡す限り、めし屋の一軒もござんせんですね」

「飢え死するわけでもあるまい。繁華な河岸なれば、旨い一膳めし屋くらいあるだろう」

「武州の外れですぜ。いつぞや殿とは、不味《まず》い蕎麦屋《そばや》に入ったじゃありませんか」

「そうであった。店構えに、騙されたのであったな」

「馬方とか船頭に、聞いてまわりますか。どこが旨いかって」

食い物の話になって、水戸の急進派の話を忘れかけたときだった。

剣客がふたたび足を止めて、腰を落とした。

香四郎と政次は目を合わせると、懐《ふところ》にあった手を動かした。

短筒《たんづつ》を探った香四郎は握りを確かめ、政次は手ごろな石塊《いしくれ》を幾つも懐や袂《たもと》に入れた。

すっかり夜は明けた。香四郎が見る限り、どこにも敵らしい姿は見つけられなかった。

土堤下の道を荷駄が川上へ向かっているのと、大八車を押す人足たちが川下へ進むのが見えるだけで、どちらものんびりした歩みである。

一方の河原だが、枯れつつある葦《あし》が茂り、風に小さく靡《なび》くばかりで人の潜んでいる気配はうかがえなかった。

天上から矢が降ってくるはずはなく、地べたから槍が突き出されるとも思えないでいた。

が、弥九郎はさらに腰を落とし、村正《むらまさ》の鯉口《こいくち》を切った。

見ると、剣客は目を閉じて耳を澄ましていた。

香四郎も耳を研ぎ澄ましたが、川波の音が聞こえるだけで、異様な気配は一つとして耳にできなかった。

同じ思いであろう政次だが、臥煙なりの振るまいをした。

シュ、シュッ。

石塊を一つ、葦の茂みに投げつけたのである。

「――」

枯れた薄茶色の草叢《くさむら》が、風とは異なるぎこちない動きを見せた。

そこから草色の生き物が、立ち上がった。

香四郎は懐の短筒を二挺《ちょう》、左右に握りしめて河原を見つめた。

ところが、鯉口を切っていた弥九郎は、川と逆の土堤下の道へ駈け下りていった。

大八車を押していた人足と、馬を曳いていた馬子《まご》が、弥九郎に立ち向かってきたのである。その手には、抜き身が躍っていた。

「うりゃっ」

馬子は声を上げ、斬りかかった。

が、音もなく腕が斬り落とされた馬子だが、なくなった片腕に気づかないまま二ノ太刀をと踏み込んだ。が、大きく泳いで前のめりに倒れた。

車を曳いていた人足ふたりもつづいたが、村正を手にする弥九郎に、手もなく斬り伏せられてしまった。

瞬《また》く間とは、まさにこのことだろう。

「峰近どの、後ろっ」

弥九郎が声を上げなかったら、香四郎は槍の餌食《えじき》にされたにちがいない。ほんの二間《けん》ばかり先に、槍の穂先が朝の陽に光るのが見えた。

香四郎は右手に握っていた短筒を出すと、引き金に指を掛けた。

目の前に槍が躍った刹那《せつな》、撃った。

バン。

音とともに、槍が使い手もろとも地べたに落ちた。

が、槍は一つではなかった。すぐ右から突き出される穂先が目に入り、香四郎は左手にある長短筒を懐にあるまま放った。

パン。

乾いた音がして、もう一つの槍は使い手とともに河原へ転がり落ちていった。

襲ってくる敵に飛び道具はないようで、一瞬の静けさがもたらされた。

知らぬ内に河原の側に、加勢があらわれた。川舟に乗ってきた襷掛《たすきが》けの侍たちである。

一艘《そう》ではなく、二艘もあった。

土堤の上に弥九郎が戻り、岸に上がってくる襷掛けの者の数を勘定した。

「二艘に七人、葦の中にいた者が三人。都合、十名。短筒に残る弾丸《たま》は、どれほどですかな」

「九発ですが命中させる自信は、とてもござらぬ」

「それで、結構。川舟の連中も、鉄砲はないようであれば、音で脅せば事足りましょう」

試しに一発と、弥九郎は目で言った。

香四郎は長いほうの短筒を出し、川舟に向かって撃った。

パン。

ふたたび乾いた音がすると、下船していた侍たちは一斉に伏せた。

「撃ち返して来ねえってことは、向こうに飛び道具はございませんね」

「臥煙どの。そうは申すが、敵とて十人もおれば弾丸ぎれになると分かっておるはずだ」

「走りましょうか」

政次は三人で走り抜けますかと、顔を向けてきた。

「なれば拙者が殿《しんがり》を務め、峰近どのには短筒を手に先頭をねがおう。臥煙どのは左右からの敵を見て、動きを伝えていただきたい」

弥九郎のことばが終わらない内に、香四郎はこれ見よがしに短筒を見せつつ走りはじめた。

「逃すな。追えいっ」

川舟に残っていた侍が伏せていた者たちに吠えたが、一人としてすぐには立ち上がってこなかった。

二

香四郎は左右に短筒《たんづつ》を握り、川上を目指して懸命に駈けた。気にしたのは、五十に近い弥九郎の足である。

剣の達人ではあっても、遅れて囲まれては危ういことになりかねない。

ふり返って見た。

「…………」

政次と並走しているのが分かったが、声を掛けながら励ましているのは弥九郎のほうで、臥煙は息を切らしているのである。

逆であなら分かるが、政次になにかあったかと香四郎は立ち止まった。

「けがをしたか、政《まさ》」

「はっ、はっ……、いけませんや。な、長《なげ》ぇ走りは」

「江戸の臥煙ともあろう男が、情けないぞ」

「あっしら、近いところなら、ちゃっちゃっと、誰よりも速く走ります。けど、長丁場となると、ま、まるで……」

肩で息をして小走りとなった政次に合わせ、弥九郎と香四郎はひと塊《かたまり》になってしまった。

脇に槍を抱えた侍が、すぐ後ろに迫ってきた。

香四郎が気づき、弥九郎に目で伝えた。

ヒラリ。

音もなく身を翻《ひるがえ》した剣客は、手にしていた村正を、これまた無音で跳ね上げた。

スッ。

槍の穂先が、クルクルと風に舞った。

追ってきた侍の足は、土堤《どて》に根を張ったように動かなくなっていた。

弥九郎と政次を先にして、今度は香四郎が殿《しんがり》を務めることになった。迫ってくる敵を、短筒で威嚇《いかく》するのだ。

ひたすら走る。どこまで進めば、繁華な中瀬河岸に着くのか。香四郎の息も荒くなり、口が開きっ放しとなった。日ごろ鍛えていない自分を、悔んだ。が、走りつづけなければ、敵の餌食《えじき》になってしまう。

「――――」

川中に白い一枚帆が見え、そこに襷掛《たすきが》けの侍が五人も乗り、こちらに目を据えていた。

上流に、待伏せしていたのだ。

敵の数が十人から十五人となり、一気に襲いかかってくるにちがいない。

二挺《ちょう》の短筒と妖刀《ようとう》を使う剣客が揃っていても、囲まれ攻められては、なす術《すべ》もなく討ち取られるだろう。

冬場の利根川沿いには、百姓ひとり歩いていなかった。

せめて夜なら、逃げ隠れすることもできたろうが、ようやく明六ツをすぎたばかりなのである。

空腹もだが、しっかりと寝ていなかったのは、大きな誤算となっていた。

汗が流れ、目に入った。

なぜか、おいまを思い出した。

祝言《しゅうげん》を挙げたものの、枕を交したのは一夜だけである。

――幸運など、滅多につづくものではなかったか。部屋住《へやずみ》に生まれたわたしには、出世も妻帯も、つかのまの夢だった……。

絶体絶命を前に、悲観が重く覆い被《かぶ》さってきた。斬り刻まれて利根川に投げ込まれたなら、遺骸も上がらないだろう。

おいまは夫が密命を帯び、遠国《おんごく》を巡察していると思うにちがいない。手紙もなく、音信は途絶える。江戸城の誰に訊《たず》ねても、知らないとの返事ばかり。やがて京都の実家が、しびれを切らして娘を引き取るだろう。

「十六の美しい妻を、尼寺に送るには忍びない」

昔から、夫である武将が戦死するたび、名家の女は新たな嫁ぎ先に迎えられたのだ。

――おいまなれば、引く手あまたか……。

香四郎が思いを至らせると、俄然ムクムクとした憤怒《ふんぬ》が体の奥から湧き上がってきた。

立ち止まり、仁王立ちとなった香四郎は短筒を握る両手をまっすぐに伸ばすと、追ってくる先頭の侍に狙いをつけた。

間合い六間《けん》ほどだが、当たるとの確信はまるでなかった。しかし、おいまを知らぬ男に寝盗られるとの思いは、足元を固めた上に揺《ゆら》ぎをもしない形をつくっていた。

パン。

撃ち方の稽古は、一度たりともしていない。にもかかわらず、銃身の長い短筒の弾丸《たま》は、狙いどおり近づいていた侍のどこかに当たった。

腰から砕け落ちた侍に、後からつづいてきた侍ふたりが躓《つまず》いた。

が、川上で待伏せしていた舟から下りた侍たちには、音が聞こえていないのか、土堤を上がってくる。

「あの数では、保《も》つかどうか……」

剣豪のつぶやきとは思えなかった。

香四郎は弥九郎を励まさんと、鋭い目を向けた。

「――――」

三人が向かおうとしている中瀬河岸のほうから、さらに十人ばかりが徒党を組んで攻めてくるのが見えたのである。

みな抜刀し、襷だけでなく白鉢巻をして走ってきた。

上流と下流双方の土堤に、川べりからも迫っている。残るところは、左手にある小道に降りてゆくほかないが、崖《がけ》のように切り立つ高さがあった。

「正面突破で切り抜けるっ」

弥九郎は先頭に立ち、片手上段に構えると駈けだした。

政次は石礫《いしつぶて》を無闇やたらに投げつけながら、ワァワァ叫びながらつづいた。

香四郎はひとり後ろを向きつつ、短筒をこれ見よがしに正面の敵へ示したが、無駄玉を撃てなかった。

真向いの敵が、迫ってきた。

「参るっ」

押し殺した弥九郎の声が、香四郎に覚悟をうながしているように聞こえた。

——死ぬ気はない。生きてやる。

短筒を掲げ、吠えた。

「ワァ、オォゥ」

叫びに恐れをなしたか、正面からの白鉢巻の一団が左右に割れ、道を開けた。

一点突破できると、遮二無二《しゃにむに》走った。

バン。パン。

二挺の短筒を上に向け、脅しの号砲を放ちながら、すり抜けた。が、挟んでくるはずの侍たちは、そのまま行き過ぎていったのである。

「………」

拍子抜けだった。弥九郎の太刀捌《さば》きと、二挺の短筒に縮みあがったかとふり返ると、その十人ほどが三人を追ってきた者たちに挑みかかっていた。

「――」

信じ難い光景が、土堤の上に展開しはじめたのである。

果たし合いでもなければ、ヤクザ者同士の出入りともちがう乱戦は、関ヶ原の戦陣を見るようだった。

侍が敵味方に別れ、太刀を交えてやりあっているとなれば、これは戦《いく》さにほかならない。

それもいきなりということが、分からなかった。

――われわれを襲ってきた連中を、迎え討ってくれたか。それとも、博徒《ばくと》の縄張り争いのような揉めごとか……。

考えられなくもないが、どこから見ても本物の武士である。

香四郎ばかりか、弥九郎も政次も土堤の上に展開している合戦を、なにごとかと見つめてしまった。

「このあたりは岡部藩中でしょうか、それとも天領となりますか」

「さて、どちらかではあろうが、博徒一家同士の出入りとて、ご法度《はっと》のはず。大勢となると、やはり水戸を二分する両派の争いと見てよいかもしれぬ」

「斎藤どの。ここから水戸は、遠すぎましょう」

「いいや。江戸と長崎ほどに離れていても、必要とあらば馳せ参じるのが連中の強み」

「必要がある、とは」

「高島秋帆先生の、争奪でござろう」

「――――」

突然の襲撃に、香四郎はことの発端を忘れていたのである。

が、分からないのは岡部藩安部家が秋帆を迎え入れたのち、外から知れないところで味方につければよいのではないか。

「武州の在とはいえ、天下の公道で水戸藩士同士が斬りあうのは、どちらにとっても得策とは思えません」

「確かに」

弥九郎もうなずいた。

「あっ、あとから駈けつけたほうが押してますぜ」

政次は自分たちを襲わなかった一派が、勝っていると喜んだ。

どうやら人死《ひとじに》を見る前に、私闘は終わりそうである。

押し勝っていた一派は、追捕《ついぶ》しなかった。代わりに、頭目とおぼしき侍が太刀を納め、香四郎たちのほうへゆっくりと歩いてきた。

「ん――」

香四郎は、その若侍の顔に見憶えがあった。

侍のほうは香四郎であると知った上で戻ってきたと、口元をほころばせた。

「伝奏《でんそう》屋敷の、峰近さまですね」

「そなた、水戸藩の河田《かわだ》どの」

秋になる前だった、武家伝奏の公卿《くぎよう》日野資愛《すけなる》が水戸斉昭と対面した折、伝奏屋敷まで見送ってきた水戸藩士、河田繁忠《しげただ》である。

「憶えていて下さり、光栄でございます。まにあったことになりましょうか、それともご迷惑でしたか」

「助かり申した。礼をこのとおり――」

「頭を下げるなど、とんでもないこと。わたくしどもは一昨日より、中瀬河岸にて峰近どのを待っておりました」

「なにゆえ、わたしを」

「高島秋帆どのを巡って争奪がはじまっておりますことは、ご存じのはずです」

「水戸藩内が二分しているとは、貴殿にうかがっておる」

「なにを悠長な。わが水戸ばかりか六十余州が、でございますぞ」

繁忠は涼しそうに見えていた目を吊り上げ、香四郎の不見識をなじった。

「…………」

江戸にいて、衣食が事足りる日々を送り、いつも誰かに守られていた香四郎は、おのれと関わりのないことに無頓着でありすぎた。

これまた幕臣として、迂闊《うかつ》といえよう。自分のような者ばかり増えたことが、泰平二百年の惰眠《だみん》をもたらせたのではなかったか。

返すことば一つない香四郎へ、斎藤弥九郎が笑いを含んでことばをくれた。

「天下を知ること、至難の業《わざ》でござる。剣術三昧であった折、諸国を巡りて打克《か》ち、江戸に道場を開いた。日本一だと、胸を張った。ところが、自分がなにも知らないことを、弟子どもに教えられたときであった」

名が広まり、諸国から弟子が入門する。関東、上方、四国、九州の藩士から、博徒までが集まった。その一人ひとりに崇高な熱意があり、その背景は様々な変事によって生まれたことを知ったと、弥九郎は半ば白くなった頭を掻いた。

「日々《ひび》是《これ》、勉強ですね」

「峰近どの。左様に固苦しく決めつけると、この先々疲れてしまいますぞ」

「先生には教えられます」

「止《よ》しましょう、先生と言うのは。われらは師弟ではない。こうしますか、わたしは香四郎どのを峰近さんと呼ぶゆえ、あなたも斎藤さんと」

「対等ですね」

「うむ。身分も年齢も貧富もないのです。ところで、かような土堤の上でなく、どこか屋根のあるところへ。実は、腹が空いてしまいましてな、河田さん」

場を和ませるのも、剣の達人が得意とする技のようだった。

三

これが名にし負う武州中瀬河岸《がし》かと、香四郎たち三人は目を瞠《みは》った。

利根川にあって、栗橋が公《おおやけ》の川関所なら、中瀬河岸は私の川市場であろう。

河岸とはいうものの、湊《みなと》に思えてしまうのは小舟が大船に縋《すが》りつき、荷の出し入れをしていたからである。

沖に停泊する千石船に、艀《はしけ》が取りついて人や荷を陸《おか》に運ぶ姿に似ていた。

「ここは、乗り継ぎ場と定められています」

繁忠が指をさしながら、話してきた。

上流からは小舟が、下流からは大船が、ここ中瀬で積み替えをする。秩父や例幣使《れいへいし》街道から、様々な産物が馬や大八車によって運ばれてくるが、ここからは一気に江戸までその日の内に届けられるとも教えてくれた。

「河田どの、いや河田さんは詳しいのですね」

「あはは。なにを隠そう、ここ中瀬一の問屋河十《かわじゅう》は、わたしの遠縁にあたります」

「武家ですか」

「いえ、わたしの父が侍として、水戸家に取立てられたのです」

繁忠は一緒にいる藩士を気遣うことなく、ずっと話しつづけていた。

「失礼になりますが、河田さんの藩での御役は」

「商人《あきんど》の出というより、縁者が豪商となれば勘定方と思われましょうが、水戸では目付頭並《めつけがしらなみ》を仰《おお》せつかっております」

涼し気な目元ばかりか、鼻筋の通った美丈夫の繁忠だが、先刻の攻勢ぶりでも知れたように、武闘派とされているらしかった。

「ついでながら、河田さんは門閥の側ですか、それとも急進のほう――」

「どちらにも与《くみ》しておりません。峰近さんと伝奏屋敷で会った折、わたくしが公卿《くぎょう》の見送り役をいたしたのは、藩主慶篤《よしあつ》公に命じられてのことです。水戸藩の者がすべて、どちらかに属しているわけではございません」

謹慎中の隠居斉昭を柱とする攘夷急進派を、藩主は抑えなければならない。といって、もう一方の門閥派を擁護しては父である斉昭を追放することになりかねず、お家騒動を見てしまうと、繁忠は口を尖らせた。

「御三家であっても、盤石とは参らぬようですね」

「はい。御三家であるがゆえと、申すべきでしょう」

繁忠は立ち止まった。

間口が五間《けん》以上、黒瓦の廂《ひさし》が突き出る大商家には〝河十〟と扁額《へんがく》が掲げられていた。

「この額は、斉昭公の筆になるものです」

武州の河岸問屋に、御三家の当主が揮毫《きごう》をよせていた。信じ難いほどの名誉であることが知れるばかりか、かなり財を蓄えていそうなのが分かった。

中へと、導かれた。

「大したことはできませんが、膳の仕度をすぐにさせますゆえ、二階へ」

草鞋《わらじ》をと思い上《あが》り框《がまち》に腰を下ろしたとたん、女中が取りついて、香四郎たちの笠を外し足を濯《すす》ぎはじめた。

広い土間には、河十の文字が躍る半纏《はんてん》を着た奉公人や、荷の出し入れをする者たちが整然と立ち働いていた。

幅広の梯子《はしご》段《だん》を上がりながら、関八州流通の繁昌が凝縮された姿を眺めることとなった。

江戸幕府開闢《かいびやく》以来の悲願とされる水運が、ここに極まっていた。

米から肥料にする干鰯《ほしか》までが、馬の数十倍の働きをする川舟によって東西南北縦横にもたらされるのである。

人に至って考えてみるなら、香四郎たちがそうであるように、徒歩《かち》や駕籠《かご》であればまだ到着していないはずだった。

その水運の要衡が中瀬であり、中心となっているのが河十のようだ。というのも、部屋に香四郎が入ってゆくと、すでに立派な膳が調《ととの》えられていたからにほかならない。

三人が来るであろうことも、空腹であり疲れていることも知っていたのである。

二階からは、河岸の半分を見渡せた。

「まるで城の天守ですな」

弥九郎が言うまでもなく、二階は中瀬河岸の監視所ともなっていた。

「お待たせしました」

女中たちが櫃《ひつ》と汁鍋を手に上がってくると、香四郎は腹の虫を押えきれなくなった。

「いい匂いは、鰹節《かつおぶし》を奢《おご》っている」

香四郎が箸を取ったとき、横にいる政次は手を合わせるとすぐ飯をかっ込みはじめていた。

ずっと水一杯も口にできない中で、身の危険に晒《さら》されていたのであれば、なにを食べても満足するだろう腹は、嬉しいご馳走にはもったいなかった。

満足して箸を置いたとき、主人の河田十郎左衛門《じゅうろうざえもん》が長軀《ちょうく》を折って挨拶にあらわれた。

「江戸よりお越しとのこと、河十の主《あるじ》十郎左衛門にございます。甥《おい》の繁忠より、あらましは聞きました」

十郎左衛門の顔かたちは、大名家の留守居役を思わせる品位と落ち着きを見せ、堂々とした風格をもっていた。

「今少し早くお迎えにあがれたなら、危い目に遭わずに済んだかもしれません。が、ご無事でなによりでございました」

「それにしても、川筋は話が実に早く伝わるようですな」

「はい。人や物ばかりか、急ぎの報せもすぐに届きますのです」

栗橋の川関所でのことはもちろん、香四郎が加太屋《かぶとや》と親しくなったことも聞き知っていると、笑って答えた。

「加太屋とも、通じておられるか……」

同じ素封家《そほうか》の加太屋誠兵衛《せいべえ》が丸みを帯びた柔らかさなら、目の前にいる河十は勤厳な実直さを見せる五十男だった。

しかし、どちらも偉ぶったところがまったくないのが、代々つづく理由に思われた。

成り金の分限者《ぶげんしや》とのちがいであり、また信じられる仲間として通じ合っているようである。

女中が膳を片づけると、十郎左衛門は人払いをした。

香四郎、弥九郎、政次に、繁忠を加えた五人となった。

「問屋商人のわたくしめですが、高島さまの移送は聞き知っております」

「………」

「幕府のお役目ゆえ、お話しできませぬことを承知した上で、手前の片手な考えをお聞き下さい」

河十こと十郎左衛門はすわり直した。

「江戸の伝馬町牢屋敷《でんまちようろうやしき》から、高島秋帆さまが当地に近い岡部藩安部家《あんべ》預《あずかり》となることは存じております。様々な憶測が流れておりますゆえ、道中を駕籠でとはならないと思います」

まちがいなく、幕府御用船で利根川を遡上《そじよう》し、ここ中瀬から岡部藩へ送られるはずと言い切った。

「安部家は、譜代で二万二千石。加えて、城ではなく陣屋でございます」

「敵が攻め入りやすいと、申されるか」

弥九郎の問い掛けに、河十はうなずいた。

「となれば、警固が厳重になる。そのための物入りに、岡部藩は当家に泣きつきましたか」

香四郎の読みに、河十は首を横にした。

「それが、ちがったのでございます。そればかりか岡部藩士が、大手を振って当家の前を歩きはじめました」

この秋まで、下級藩士は余った青物を勝手口へ貰いに来るほどだったが、高島秋帆を預ると決まった頃、申し合わせたように卑屈さが消えていったという。

「拝命した栄誉と、幕府より預り料なるものがもたらされたのかな」

「考えられませんな。御金蔵《ごきんぞう》に余裕のない将軍家でござろう」

香四郎の答に、そこまで手厚いことを幕府はしないと、弥九郎は手を振った。

河十が膝を乗り出した。

「そこで、おねがいがございます。峰近さまは秋帆さまの預り応対を、お調べに向かわれます。商人ごときがと仰《おお》せでしょうが、安部家の懐《ふところ》事情をお探りいただければと、切に願う次第……」

頭を下げたのは、甥の繁忠も同じだった。水戸徳川の分裂も避けたいと、付け加えた。

「分かりました。どこまで探れるか分からぬものの、できる限り」

言ってはみたものの、世間から見れば高島秋帆は天下の大罪人である。

水野老中の改革に棹《さお》をさし、異国との交易で得た利を正確に運上しなかったとされて投獄となったのであり、南蛮流の砲術家として注目を浴びていた秋帆だった。

一歩まちがえれば、幕府に謀叛《むほん》しかねない者でもあるのだ。

ゆえに今もって無罪放免とならず、他家への預けとされたのである。

――預かる安部家にしてみれば、生きた火薬《ひぐすり》を押しつけられるようなもの……。

番町の峰近家に隠してあった火薬以上に厄介きわまりないはずと、香四郎は考え込んでしまった。

河十が、廊下に向かって手を鳴らした。

大勢の女中が次々と上がってくると、高脚《たかあし》の膳に酒肴《しゅこう》があふれんばかりに載せてあり、配られた。

おどろいたのは、香四郎の前には羊羹《ようかん》が山がたに盛られ、葛切《くずきり》の椀、粟餅《あわもち》などが所狭しと並んでいた。

「わたしが下戸《げこ》であることまで、ご存じであったとは……」

「田舎のもので、お口に合わないかもしれませんが、これは自慢できます」

大きな盆に幾つも並べられて差し出されたのは、干柿だった。

「今年はことのほか出来がよく、お三方《さんかた》には岡部までの道中でも召し上がっていただくよう、包ませましょう」

濃《こま》やかな心尽くしに、恐れ入ってしまった。

香四郎が羊羹に手を出したとき、年増《としま》が脇に侍《はべ》ってきた。

ほかの二人の横にも、女がついている。

昼日中《ひるひなか》ではないか。これはいくらなんでもと、弥九郎を見つめた。

どうしたものか、天下の剣客が女の腰に手を廻している。政次にいたっては、女の膝枕で酒を口移しに呑みはじめていた。

「――――」

旅先にあるからといって、羽目を外してよいものではあるまい。

ことさらに大きく咳払いをしたが、二人とも気づかない振りをして女といちゃつきはじめた。

目を剝《む》いた香四郎だが、脇に侍る年増が粟餅を口に押し込んできた。

「これ、止《よ》さぬか」

抗《あらが》ったものの、小さな餅は口を割って押しこまれてしまった。吐き出すのはまずいと、舌の上に置いた。

甘さが広がると、昨夜からの疲れに効き目を見せてきた。

「…………」

腹立たしさは失《う》せ、酒を口にしていないのに酔ったような気にさせられた。

砂糖に酒が練り込まれていたのか、それとも長崎経由の媚薬《びやく》かは分からない。

香四郎は人目も憚《はばか》らず、女を抱き寄せてしまった。

店の男が枕屏風を二つ、三人のあいだに立てていた。夜具の代わりに、座布団も一つずつ。

――まるで、岡場所の大部屋……。

思ったものの、下腹のいちもつはムックリと勝手に張り切ってきた。

罠かと考えたが、毒まで食らってやるかと勇んだのは、弥九郎も政次も嬉しそうな喘《あえ》ぎを上げていたからである。

――修羅場を幾つもくぐってきた二人であれば、ここは一つ大船に乗った気になるか。

年増の匂いに負けた香四郎は下帯を外すのも面倒と、脇から引き出したいちもつを女の白い腿《もも》に押しつけた。

押せばすぐに戻るほど張りのある肉に、若い旗本は血を躍らせ、乱暴になっていった。

四

枕屏風の上から、政次が顔を覗かせてきた。

「お済みでございますか、殿」

「今、なん刻《どき》だ」

「まだ八ツ前でして、そろそろ岡部の城下へ出立《しゅったつ》する時分かなと思いまして」

「斎藤さんは、どうされておる」

「男も五十に近いと後味を大事にするとかで、まだいちゃついてます」

どうやら若い順に済ませたのか、政次の敵娼《あいかた》はとうにいなくなり、香四郎と睦《むつ》んだ年増《としま》は話しているあいだに出ていった。

階下の問屋はまだ人の出入りがあるらしく、しきりに声が立っている。

有難いことに罠でもなければ、媚薬《びやく》を盛られたわけでもないようである。

弥九郎の女も、出ていった。

「かような大河岸《おおがし》では、今のようなおまけが付くようですな」

「えっ。斎藤さんが手を出されておったのを見て、わたしは据え膳は食うものと覚悟したのです」

「あれれ。あっしは殿が、口を吸っているのを見て――」

「吸ってなど、おらぬ。餅を口に入れられたのだ」

「口と口で、でございましたよね」

「手で口にであった」

「となると、われらみな互いを見てことに至ったわけであったか」

天下の剣客が目を剝《む》いて笑いはじめ、香四郎も政次も腹をかかえた。

女たちが帰ったことで河十が顔を出し、ニンマリとした。

「お気に召されたご様子と、拝見させていただきました」

「主《あるじ》どの。ご馳走でござった」

「どういたしまして、田舎尽くしの賄《まかな》い膳も、たまには旨く思えるものです」

「なんのなんの、江戸にはない味わい。堪能いたし候《そうろう》」

弥九郎流の対応は、香四郎の羞恥心を消し去ってくれた。

「岡部の城下への仕度が、調《ととの》っております。その前に、ひと風呂浴びられますか」

「いや。二里半ほどもまだ歩くようなれば、埃《ほこり》も浴びるであろう。岡部の旅籠《はたご》で入るほうがよかろう」

三人は来たとき同様の股旅《またたび》姿となり、勝手口から外へ出た。

おかしな話だが、香四郎はたった今まで一緒にいた女の顔をもう忘れていた。薄情と言われるなら、そのとおりだろう。しかし、女のほうもまた香四郎を憶えていない気がする。

水戸藩目付並の河田繁忠に、三人の前後をそれとなく見張るべく藩士を付けたと告げられ、香四郎は礼を言った。

一から十まで世話になっているとなれば、岡部藩の内実とりわけ台所事情を探る必要が生じることでもある。

しかし、それはそれ、これはこれと、恩義と切り離して考えられる香四郎になっていた。

その理由を、ことばにできない。強《し》いて言うなら、幕府の正学である儒学への懐疑だろう。

礼を尊《たっと》び忠孝などを重んじる儒教が、破綻をしつつあったからだった。世を挙げて銭《かね》を崇拝し、おのれの保身が第一となれば、儒の教えなどあってないようなものとなる。

が、香四郎はそうした懐疑がどこから生じてきたか分からない。部屋住《へやずみ》の頃に町人の中ですごしたことも一つだが、破天荒を見せる女ふたりがその大きな素因となっていた。

他人でありながら、母親以上の強さを平然と押しつけてくる用人おかね。

そして今ひとりが妻女おいまで、姫君でありながら無類の自分というものを持っている。

香四郎には、この二人が変わった女としか思えなかった。

不見識にちがいないが、少なくとも不幸ではないようだ。

政次が絵図のようなものを出し、中瀬から本庄の宿場へ向かうらしいと南を指した。

後ろから、河田繁忠が追いかけるように駈けつけた。

「みなさま方には、その脇道を左へお曲がり下さい。半里ほど近くなります」

「近道ですか。助かりますな」

弥九郎が先頭に立ち、力強く足を踏み出した。

日暮れにはまだあると思うが、十一月になった今は知らぬまに暗くなった。

そのまま繁忠が同行することになり、四人となったが、股旅姿の香四郎と政次、用心棒の浪人もどきの弥九郎、これに武士然とした繁忠が加わると、奇妙な四人連れとなる。

田地を切り裂いたような脇道には、人の姿はなかった。

冬の田圃《たんぼ》であれば、餌《えさ》を漁《あさ》る鷺《さぎ》の一羽も見られないでいた。どこまでも見渡せそうな武州の大地に散見できるのは、ところどころに立つ欅《けやき》の大木と、鎮守社を囲む小さな森だけだった。

「やがて雪がわずかに降りますが、風の強い日など避けるところのないこの道は、土地の者とて通りません」

繁忠はあと半月もすると、ここは凍り道になりますと付け加えた。

曲がりくねったところを過ぎると、五丁ばかり先を歩いている水戸藩士のひと塊《かたまり》が見えてきた。

後方はとふり返ると、やはり五丁ほど後ろを四人の一団がつづいている。

「歩きながらで無躾《ぶしつけ》ではありますが、剣の達人がなにゆえわが水戸藩の儒者と、相通ずる仲なのでございますか」

斎藤弥九郎へ、繁忠は歩きながら問い掛けた。

「藤田東湖《とうこ》どののことですか」

「支障ないようでしたら、うかがいたいのです」

意気込む繁忠に、弥九郎は鷹揚《おうよう》にうなずいた。

「わたしが修行した神道無念流の道場に、江川英龍《ひでたつ》どのが通っておられた。いずれ遠からぬ内に、鉄砲に勝る大砲《おおづつ》が戦《いく》さの雌雄を握ると教えてくれたのが切っ掛けでござった……」

触発された弥九郎は英龍に私淑し、新しい兵学を身につけていった。それも学問としてではなく、英龍に従い江戸湾の測量にまで参加したとつづけた。

「そこで気づいたことは、異国に大きく遅れを取っておることであった。その江川どのが師と仰《あお》いでいたのが、秋帆先生――」

「高島どのと東湖先生は、知己《ちき》でありますか」

「お二人とも名がありますが、面識はないでしょう。東湖どのへは、先年の大塩一件のあらましを伝えに参った」

「大坂へ、出向かれましたか」

「聞き伝えなど、信じるに値《あたい》せずでござろう。大騒動が終わった後とはいえ、その場に居あわせた者たちの声は、真に迫るものがありました」

弥九郎は大塩平八郎が、尊王の思いをもって乱を起こしたのかを藤田東湖に聞いてみたいと、水戸藩邸に出向いたと言い添えた。

「答は、いかに」

「あはは、ちがいましたな。大塩は公儀《おかみ》への悲憤から立ち上がったと、東湖どのは断じました。残念ながらとの顔をしておられた」

黙って聞いている香四郎は、またもや自分の不見識を恥じた。

内にばかり目を向け、異国船や都の朝廷の思惑にまで考えを至らせられないことにである。

とはいえ妻女と用人の内なる存在にも気づけない香四郎であれば、当然といえば当然ではあった。

繁忠は感心し、ただの剣客ではないと讃え、この先も水戸家とつながりをねがいますと頭を下げた。

かなり先を行く水戸藩士の五人が突如ふたつに割れたのは、香四郎が情けない自分の姿を、遠い百姓家の木に残る柿の実一つに重ね合わせたときである。

――烏《からす》も食わぬ柿が、このおれが……。

「ん――」

いち早く繁忠が声を上げ、先を行く同志のもとへ走った。

目を凝らすと、黒っぽい侍の一団がふたつに割れた藩士に抜刀したまま近づいているのが見え、弥九郎も香四郎も、遅れまいと笠を脱ぎ捨て駈け出した。

敵の数は多く、同志の五人に勝ち目は薄そうである。

懐《ふところ》にある長いほうの短筒《たんづつ》を手に、香四郎は冬空に向けて威嚇《いかく》の一発を放った。

刹那《せつな》、襲ってきた連中の動きが止まった。

風が舞いはじめ、袂《たもと》が揺れる。

おどろいたことに、弥九郎は繁忠を追い抜いていた。五十に近い剣の達人は、走ることにおいても術を身につけているようだ。

弥九郎は腰を低くし差料《さしりょう》に手を掛けると、右手を大きく伸ばした。

向かってくる一人が、片膝を折ったまま倒れた。

村正の鞘《さや》に付随する小柄《こづか》が、命中したのである。

倒れてゆく侍の顔に見憶えがあった。今朝、香四郎たちを狙おうとした連中の一人だ。

繁忠らに追い払われたことで、意趣返しに来たのだろうか。考えるまもなく弥九郎が一人を斬り倒すのが目に入った。

走りながら香四郎は目を瞠《みは》りつつ、左右の手の短筒を握りしめた。

冬の田に雀《すずめ》一羽もいないのであれば、下手な短筒の流れ弾が関わりのない者を傷つける気遣いなどなかった。

二挺《ちょう》の短筒には威嚇の一発を除いても、合わせて十発の弾丸《たま》が入っている。

至近の隔《へだ》たり、といっても三間《けん》以上はあったが、弥九郎の背側に廻った侍の広い背に一発を見舞った。

バン。

背なかに当たらず、頭を撃ち抜いていた。

夕暮れの近い中、飛び散った血に白いものが混じって見えたのは、砕けた頭の骨らしかった。

異国の飛び道具の凄さを思い知らされると同時に、攘夷の危うさに気づかされた。

――これを用いたなら……。

繁忠が、三人に囲まれつつあった。

これまた背後から狙いをつける。が、背を狙って頭に当たったのである。尻に当てるつもりなら胸を貫通させられるかと、右端と左端の二人の腰に一挺ずつを向けた。

パン。バン。

右手の長《なが》短筒のほうは命中したものの、左手のほうは外れたらしい。しかし、銃声におどろいたのは、繁忠の正面にいた別の侍だった。

鉄砲がある。あるいは、鉄砲隊が来たのだと思ったのだ。

「ひ、引けいっ、引けっ」

仲間に悲痛な声を、放ったのである。十人ほどいたはずの襲い手は、五人となって逃げ去った。

香四郎は短筒を手にしたまま、頭を掻いた。

「卑怯な飛道具も、役に立ちましたか」

「役に立ったどころか、人死《ひとじに》を少なくしましたな」

弥九郎は異国の短筒が、威力より大いなる威嚇をつくったと、倒れている者を見下ろした。

「この村正が、負けたと嘆いております」

刃こぼれ一つない妖刀だが、見せただけでは怯《ひる》まないと笑った。

「わが藩の無様を晒した上、お三方《さんかた》にはご迷惑を掛けてしまいましたこと、この通り謝ります」

「今の連中は河田さんへの意趣返しと見て、よいですかな」

「まちがいございません。発端は今朝のことでしたゆえ、水戸に伝令が向かったとしても戻っては来られません。連中は、お三方以上にわたくしを狙ったのです」

「安堵しましたけど、またぞろ襲ってこられては厄介ですね」

政次が、香四郎の代わりに言い返した。

「なんの、連中は水戸から鉄砲隊を引きつれて来たと、思いちがいをしておるでしょう」

二挺の短筒が相次いで火を吹いたのを、香四郎ひとりが撃ったと思う者はいないと、繁忠は笑った。

五

岡部城下、といっても二万二千石の安部家は陣屋である。それでも中山道の宿場である深谷と本庄に挟まれ、落ち着いた趣きを見せていた。

「あの大屋根が、陣屋です」

繁忠が指さした屋敷は、江戸でいうなら大名家の下屋敷ほどの構えでしかなかったが、広い敷地の中にあった。

どこで見おろしていたのか、伝令が走って報せたものか、それなりの衣服に身を包んだ藩士が小走りで近づいてきた。

「江戸よりの到来、ご苦労さまにございます。岡部藩郡《こおり》奉行、池田仁之介《じんのすけ》と申しまする」

「幕府評定所留役並《ひょうじょうしょとめやくなみ》、峰近にござる。ご当家では、郡方《こおりかた》が高島どのの掛りをなされますか」

「藩主摂津守信宝《のぶたか》より、陣屋内でなくお預かり致すように命じられました」

「陣屋の外に、でござるか」

香四郎は秋帆の安全が保てるのかと、目を剝《む》いた。

「はっ。江戸表《おもて》の家老が、諸藩の留守居役と話しあい……」

郡奉行は、ことばを濁した。にもかかわらず、妙に晴れやかな顔をしている。

三十男であろう奉行の目に、胡散《うさん》くささはなかった。

安部家の当主は、まだ七歳でしかない。当然ながら、家老職が実務を仕切るのであれば、岡部藩の浮沈を一身に背負っているだろう。

とするなら、高島秋帆という天下の預かりものに、傷をつけるような真似はないだろう。

「万に一つの危険はないと仰《おお》せか」

「六十余州、いずこも異国船の脅威を感じております。高島先生を誅《ちゅう》する者など、どこにございましょう」

胸を叩かんばかりの顔をした郡奉行に、香四郎は国を思う者の少なくないことを覚えた。

それと同時に、陣屋内では応じかねることをやれそうな邸《やしき》が作られる意味を、香四郎なりに考えてみた。

が、この場では口にできなかった。あってはならないご法度《はっと》だが、幽囚の身にある秋帆を訪ねに来る者があるということだ。

なんのために。

問われるまでもなく、異国のあれこれを聞き、海をもつ藩がどうあるべきか。それより他に、なにがあろう。

幕府が匙《さじ》を投げたとは言わないまでも、どうしてよいか訳が分からなくなっているのは確かだった。

秋帆を伝馬町の牢屋《ろうおく》から放免することは、面目上できない。といって、死罪あるいは遠島にしては、蘭学をよしとする一派から反感を買う上に、異人の考えている詳細を聞き出せなくなることになる。

牢座敷にいるあいだ、秋帆は幕府役人の問い掛けに、まったく答えなかった。

「どこぞへ預けさえすれば、近づいてゆく者がおろう。ご法度ごとなれど、見て見ぬふりをいたせば……」

前《さき》の老中首座水野越前守が捕えた砲術家を、阿部伊勢守は深慮遠謀《しんりよえんぼう》をもって解き放ったのではないかと、今になって気づいた。

峰近香四郎は女の心情ばかりか、政《まつり》ごとにおいても思考が子どもでしかなかった。

情けなさが先に立つが、高島秋帆を師と仰ぐ斎藤弥九郎の安堵した顔を見て、香四郎は笑えた。

が、郡奉行は額に皺《しわ》を寄せ、香四郎に済まなそうな顔をした。

「なんぞ不都合が」

「預かることにではございませんが、先刻早飛脚《はやびきやく》が参り、峰近さまへとこの書状を」

手渡されたものの裏には寺社奉行久世《くぜ》出雲守とあり、香四郎は首を傾《かし》げた。

寺社奉行は将軍直属の三奉行の別格で、大名が就くのだが、出世の一段階にすぎない閑職だった。

久世広周《ひろちか》の名声は、聞き知っている。二十歳になる前に将軍奏者番《そうじやばん》となり、いずれ老中の噂が高い大名である。

香四郎に面識はなく、人ちがいかと思いながら封を切った。

いきなり香四郎の目に飛び込んだ文字は、野州足利と峰近儀《ぎ》三郎《さぶろう》の名だった。

三兄の儀三郎は十年も前に出家して、野州の寺に入っていた。

その時分、家を継いだ長兄は病気がちで、貧乏旗本そのものの峰近家は食い扶持を減らすため、二兄を御家人へ養子に出し、三兄には出家をさせた。

まだ元服前だった香四郎だけが残ったが、長兄の死で跡継ぎのお鉢がまわってきたのである。

あり得ない話ではないが、寺社奉行からの書状には、あってはならない話が綴られていた。

〝旧名峰近儀三郎こと僧侶儀徳《ぎとく》女犯《にょぼん》にて出奔《しゅっぽん》行方知れず〟

さらに、女犯の相手が旧名峰近るいこと尼僧浄春尼《じょうしゅんに》とあるのを見て、思わず書状を伏せてしまった。

平たく言えば、弟が亡兄の妻と手に手をとって、駈落《かけお》ちに及んだというのである。

禅寺に入った三兄も、尼となった寡婦《かふ》も、不《ふ》淫戒《いんかい》が絶対とされる立場にあった。

ましてや得度した二人は、町人ではなく武家の出なのだ。

戒律を破ることが、その宗門にとって大きな痛手となるのは言うまでもなかった。

女犯僧を取り押えて、高札場《こうさつば》に晒《さら》し遠島とする以外、宗門の恥は雪《そそ》げないのである。寺社奉行を通じて、追捕《ついぶ》すべく働きかけたのだろう。

「いかがされたか、峰近さん」

「一難去ってまた一難です」

香四郎は寺社奉行からの書状を弥九郎へ渡し、冬空を仰いだ。

「ほう。この兄上は、幾つになられるか」

目を通した弥九郎は皮肉ではなく、訊いてきた。

「わたしは、言うところの恥かきっ子でして、三兄とは十歳ちがいです」

「すると、三十二。して、尼となった兄嫁どのは」

「三十四のはずです。お恥ずかしい」

「なんの。宗門ご法度の戒律を、踏みつけて出てゆかれたのです。見事と讃えねばなりませんな」

「見事ですか……」

香四郎が苦笑いすると、政次が手を叩いた。

「殿。ここは一つ、おふた方を遠くへ逃がすよう仕向けましょうか」

「遠くとは、黄泉《よみ》の国ではあるまいな。政」

「ご本人次第ですよ。心中にまで至っちまう二人もいますけど、ひとまず……。いやいや、そうじゃねえな。武家の出である男と女となれば、死に花を咲かせるかもしれませんぜ」

「………」

一瞬だが心中してくれとねがった自分に、香四郎はおどろいた。

ふたりが死ぬことで、峰近家の面目は保たれるのだ。

分からなくなった。

武士の本分を立てるなら、二人を探し出して切腹させるか、香四郎が斬り捨てなければならない。

「どうなさる。峰近さん」

弥九郎の無表情な問い掛けに戸惑うばかりで、明確な意志が定まらない香四郎だった。

「仇討《あだう》ちなれば、地の果てまで追わねばならぬ。しかし、この不始末はなぁ……」

諸国修行に明け暮れた剣客でも、はじめて耳にする僧籍にある男女の出奔なのだろう。

政次が、書状を手にする弥九郎に訊《たず》ねた。

「殿様にどうしろと、書かれてあるんですかい」

「下命は一つもない上、峰近家への咎《とが》めも書かれてはおらぬ。僧侶と尼、ともに名目上はすでに峰近家とは縁を切っておる。ということは、寺のほうでもなにもなかったことにできない何かがあったということか」

弥九郎の口にした何かとは、なんであろう。

僧侶や尼の一人や二人失《う》せたところで、寺が内密に取り繕《つくろ》うことはわけもないはずである。

が、そうできなかった。

香四郎の迂闊《うかつ》さは、長兄の妻女るいがどこの尼寺へ入ったかを知らないでいたところからもある。

三兄の儀三郎が得度した野州足利に、るいも出家していたのだった。

夫の弟を頼ったつもりか、それとも憧れに近いものを抱いて向かったのかは分からない。どちらにせよ、二人は再会したのであり、割ない仲となってしまったのだ。

三十二の僧侶と、三十四になる尼……。

生身の男と女であれば無理もないと思う一方、二人とも十年近く肉欲を離れていたのである。

――それとも、堰《せき》をきるような何かが……。

何かとは、抑え込んでいた色情の蓋を外すような切っかけであることにちがいあるまいと、香四郎はひとり納得をした。

人目も憚《はばか》らず逢瀬《おうせ》を重ねたことが知られるところとなった二人は、身動きが取れなくなった。

「不始末」

岡部藩陣屋の前で、香四郎は棒立ちとなったまま、寺社奉行からの書付を握りつぶした。

〈五〉女犯《にょぼん》始末

一

三兄とはいえ旗本峰近《みねちか》家にとっては、とんでもない不始末となった。禅寺の僧籍にありながら、それも亡き長兄の妻であった尼と共に出奔《しゅっぽん》したと、寺社奉行から示達《したつ》されたのである。

「奉行の名である限り、嘘八百とは思えませぬ。わたしも、同道したほうが役に立つかもしれない」

斎藤弥九郎《やくろう》が寺社奉行の花押《かおう》を見て、気遣った。

香四郎は野州足利《あしかが》の寺へ、政次《まさじ》を伴って向かうつもりでいた。

「世馴れたと申しては失礼ですが、斎藤さんに同行していただければ、心強く思います。しかし、三人ともなると大袈裟《おおげさ》になりませんか」

香四郎《こうしろう》は、叔父《おじ》のように見える侍と下男を引きつれて幕臣が来たと思われては、騒ぎが大きくなるのではと眉を寄せた。

「でしたら殿様、あっしはひと足先に江戸へ走り、ここでのあらましを伝えに参りましょうか」

「そうだ。政《まさ》、おまえに頼もう」

政次に持たせる書付《かきつけ》をと香四郎が紙を手に取ったとき、弥九郎が手を伸ばして待てと止めた。

「われらも江戸へ、いったん戻るべきではござらぬか」

「しかし、寺社奉行直々《じきじき》の示達です。なにはともあれ、足利へ向かうのが筋でありましょう」

「足利の寺へ行って、なにが分かるかな」

「……。兄と、兄嫁の様子を聞き出した上で、謝まらねばと……」

なんとなく理屈を返したものの、香四郎は出奔した二人が足利にいるはずもない上、逃走先を誰かに伝えているとは考えられないことに気づいた。

「親の敵《かたき》を討つがごとく、地の果てまで追うものではあるまい。ひとまず、江戸へ」

弥九郎のことばが、香四郎の胸の中へ真っ直ぐに入ってきた。

「峰近家の不始末であったとしても、手も足も出せないこともあるかもしれませんね」

「かもしれぬどころか、寺へ出向いたところで、旗本家にあった者がと詰《なじ》られるばかりでありましょうな」

「……………」

破戒僧の弟であれば、香四郎はなにを言われても頭を下げつづけるしかないのだ。

三人ともが、江戸に戻るべきとの気持ちになった。

中瀬河岸《なかせがし》より下流の妻沼河岸《つまぬま》へと、岡部藩士の案内で道を急いだ。

はじめは無言の道中だったが、三里余の道のりであれば茶店《ちゃみせ》で喉をうるおすことになる。必然、ことばが香四郎の口から出てきた。

「兄は大人しい、無欲な男でした。女犯をいたすような――」

「なれば、兄嫁どのが誘惑したと思われてか」

「いや、そこまでは……」

香四郎は、寡婦《かふ》となった兄嫁るいが仕掛けたと断じてしまったことに、恥じ入った。

男と女のあいだに起こる情欲は、どちらが悪いと言い切れないと知る香四郎となっていた。

銭《ぜに》かねが介在する肉の売り買いでない限り、誘いなど拒めばよいだけなのだ。

「わたしは剣術修行と称し諸国を巡ったが、あのほうの欲が昂《こう》じると、やたらに木剣をふりまわしたものであった。坐禅を組むだけでは、難しいと思ったよ」

「兄は寺に入って十年余、もう三十二となるのに、欲とはなんと厄介なものでしようか」

「いくつになろうと、死ぬまでであろう」

弥九郎は破顔して笑った。

「今ひとりの尼御前《あまごぜ》のほうも、同様ですか」

「雀百《すずめひやく》までと申す」

「しかし、亡き長兄は十年ちかく病《やまい》に臥《ふせ》っておりました——。そうか、独りになったことで枷《かせ》がはずれたのか」

香四郎は、ひとり合点《がてん》をした。

武家に生まれた女は、買物ひとつ勝手に外へ出ることはできない。もちろん嫁いでも変わることはないのだ。

長屋暮らしに落ちぶれでもしない限り、貧しくても邸《やしき》の中から出ることは許されないものだった。

新妻のいまもまた、その例に洩れない。芝居を観ることも、親戚を訪ねることも含まれた。

出掛けるといえば実家の仏事や墓参でしかなく、それも一人ではあり得ない。格子《こうし》のない牢屋《ろうおく》と言って、よいのではないか。

——数日前のわたしと、同じことが生涯つづく……。

可笑《おか》しくも悲しいと、香四郎は泣き笑いの顔になった。

兄嫁るいは峰近家に来てすぐ夫が病弱なことを知り、加えて薬代などで苦しい台所事情に遭遇する羽目に陥った。

子どもに恵まれず、兄の死後は武家女の鑑《かがみ》となるべく、尼寺への道を選んだとばかり香四郎は思っていた。

武家へ嫁いだとなれば、実家に還《かえ》ることはあり得ない。といって、峰近家を継いだ香四郎の厄介者になることを、よしとしなかったのである。

ところが、何を切っ掛けとしたか、尼となった寡婦は、春情《しゅんじょう》に目ざめてしまったようだ。

――るいどのが峰近家にとどまっていたなら、わたしと……。

香四郎は手にしていた茶碗を、思わず取り落としそうになった。

「峰近さん。考え込んでおられるようだが」

弥九郎に声を掛けられ、香四郎はあわてた。

「いや、その、つまらぬことを思ってしまいまして」

「殿様のつまらねえことって、決まって女ですね」

「政。余計なことを申すでない」

図星をさされると、巧みに躱《かわ》せないのが香四郎だった。

仕方なく兄嫁と同居になっていたらと話すと、笑われた。

「年増《としま》の攻勢に、抗《あらが》える殿じゃござんせんでしょうね」

「すると、今ごろはひと廻り年上の女房どのでありますかな」

「止《よ》してください。斎藤さんまで」

この正月、長兄が逝《い》った。すぐに香四郎が後を嗣《つ》いだが、あのとき兄嫁はと思い出そうとしたが、なにひとつ記憶は残っていない。

考えてみたところで、時は戻らない。今をよしとするのが侍と、香四郎は立ち上がった。

「参りますか」

利根川の河岸のある地まで、歩きだした。

二

妻沼河岸《がし》もそれなりの繁昌を見せているのは、五つもの脇街道があつまるところゆえのようだ。

江戸に向かう川舟を待つあいだ、一膳めし屋の暖簾《のれん》をくぐることにした。

敷居を跨いで中を見た政次が、手を横にふって駄目ですと言う。

「いっぱいなのか」

「そうじゃありませんで、博労《ばくろう》みてぇな連中が徳利《とつくり》片手に、こんなことしています」

賽《さい》をふる手つきをした政次は、ほかをあたりましょうと言ったとき、めし屋の女中が袖を引っぱった。

「お侍さん方、小《こ》あがりがごぜぇますでよ。時分どきなれば、よそもいっぱいだでね」

女中は、政次の袖を離そうとしない。弥九郎がうなずいて、暖簾をくぐった。めし屋の中は騒がしいと思ったが、いかにもの剣客が入ったことで、口数が減ったようである。

強面《こわもて》の弥九郎ではないが、目の配りようや手つき足の捌《さば》き方だけで、人を黙らせる力があった。

店の行灯《あんどん》に火が入り、外では荷を運ぶ馬や人足たちが帰り仕度をはじめるのが、店の丸窓から散見できた。

ありきたりの一膳めしでは、舌鼓《したつづみ》は打てなかった。

塩辛いのである。味噌汁も煮付も干物も、力仕事をする連中相手であれば、そうしたものなのだろう。

三人とも番茶をガブ呑みしながら、箸をとった。

いつのまにか博打《ばくち》ばかりか人足たちもいなくなり、香四郎たちだけとなっていた。

弥九郎の言い知れぬ凄みに、客足が途絶えてしまったのである。女中がチラチラと睨みながら、早く出て行けとの顔をした。

やたらに客を入れさえすればいいのではないことを、女中が気づくかどうか。そんなことを思いながら、香四郎は厠《かわや》に立った。

ここ数日、腹の具合が思わしくない。

河岸の川面《かわも》に近い外にある厠は、臭《にお》いがこもらず心地よかった。

用を足し終えたとき、男ふたりが入ってくる声が聞こえてきた。

「聞いたべ、おらも。頭巾を被《かぶ》った夫婦《めおと》づれじゃろ」

「んだよ。髷《まげ》がねえので、隠しとるだ。坊さんと尼さんじゃそうな」

「夫婦ではねえと」

「まだ三十半ば、色恋に人の道はねえだな」

香四郎は立てなくなった。まちがいなく兄たちのことである。用を足して出てゆく男たちの話はつづいた。

「ふたりを乗せたなら、どこにも着けず取手の小堀《こぼり》河岸まで行けと聞いたが、二両もの褒賞《ほうしょう》の銭《かね》がもらえるでよ……」

雪隠《せっちん》の扉を蹴破《けやぶ》るようにして、下帯の先もそのままに、香四郎は男ふたりを追った。

「おいっ」

「へ、へい」

「今の話はまことか」

「えっ。なんの話でございますべ」

「頭巾を被った男と女を、拐《かどわか》すとのことだ」

「拐すだなんて誰も言ってねえ」

船頭とおぼしきひとりの襟首《えりくび》をつかんだ香四郎は、足払いを掛けて引き据えた。

「ありのままを申せ。さもなくば」

脇差を抜き、鼻先にあてた。

「わっ、わぁっ」

声が上がったとたん、弥九郎と政次が出てきた。

「いかがされてか。巾着切《きんちゃくき》りにでも……」

「いいえ。この者らが思いもよらぬ話をしておったのです」

香四郎は聞いていた話を、弥九郎に伝えた。

「川舟の船頭みなが知るとなると、話の出どころが肝《きも》になりますな」

弥九郎が和《やわ》らいだ目を向け、船頭ふたりに近づいた。

拝むような手つきで、船頭のひとりの手首をつかんだ弥九郎は、ゆるやかに捻《ひね》った。

「く、くぅ……」

声にもならない悲鳴を上げながら、目を潤ませた。

「どこより聞かされた話である」

「ひっ、ひぃ」

答えられるはずもなく、代わりに今ひとりの船頭が口を開いた。

「川下から遡《さかのぼ》ってきた船のお侍が、ふれまわってました」

「幕府の役人か」

「へ、へい。船に、葵の御紋がございましたで……」

「御用船であったのか」

「そうでごぜぇます」

「いつもの御用船とは、ちがったか」

「滅多に来ねえ公儀《おかみ》の船だけんど、いつもなら前もって露払いの川舟が走ってくるだよ」

「先駆《さきが》けはなかったのだな」

「へい。それも、わしら船頭だけあつめて内緒話みてぇに……」

前触れもなく突然やってきた御用船は、頭巾を被った男女ふたりづれを乗せた者に、取手宿の小堀まで下ろすことなく運んでくれたなら二両の褒美を与えると言って、次の河岸へ向かったという。

「おかしいな」

「確かに。しかし、葵紋というのであれば……」

考えあぐねていた二人に、政次が小膝を叩いて口を開いた。

「取手っていうなら、水戸へ行く宿場でございます。葵の御紋は、もしや水戸さまの――」

政次の水戸徳川ではとの推量に、香四郎は大膝を叩いた。

「秋帆《しゅうはん》どのをめぐって、水戸家中が割れています。そこへ幕府評定所より、わたしが監察に出向く」

「まさかとは思うが、峰近さんを……」

「水戸の藩士同士は斬りあったほど、深刻な仲違《なかたが》いをしています。信じ難いことですが、兄たちのことまで調べ尽くしているのではないでしょうか」

「出家した兄上に女犯《にょぼん》をさせ、貴方《あなた》の立場を揺るがせることで、秋帆先生を安部《あんべ》家でなく、水戸徳川家に預けるという、自分の側に都合のよいほうへ導けるかもしれませんな」

兄たちを人質として、香四郎に秋帆を水戸へ預けるべきと言わせたいのだと、弥九郎は解いてみせた。

「――。となりますと、兄の女犯は仕掛けられたことに」

「あり得るでしょう。さて、どう致すべきか……」

船頭たちへ同様の褒賞を掛け、二人を取り戻すしか方途がないとも付け加えた。

「江戸へ戻らず、わたしは中瀬河岸へ行き、河十《かわじゅう》に掛け合ってみます」

河十こと河田十郎左衛門《じゅろうざえもん》には、河田繁忠《しげただ》を通じて会っている。

兄たちが徒歩《かち》で出奔《しゅっぽん》したのなら、川沿いを辿ったところで意味ないことになるにちがいない。しかし、女を伴っての逃避に、道を往《ゆ》くことは考えづらかった。

川を上るなり、下るなりして逃げるなら、利根川を仕切っているとされる河十の力は役立つにちがいない。

間に合えばの話だが、取手宿へ送られる前に、二人を止め置いてくれるのではとの考えである。

香四郎は話を聞きだした船頭の舟で、妻沼河岸を発《た》つことにした。

「善は急げです。河十に話をつけて、ここへ戻ってきます」

「分かった。わたしと政どのは、この船頭を通じ、褒美を貰った者がいるかどうかを探っておこう」

今ひとりの船頭を伴ない、弥九郎は聞いてまわると言ってくれた。

「また、すでに捕まっていると分かったなら、取手へ向かう。水戸までは駕籠《かご》でありましょうゆえ、追いつけるはずです」

話は決まった。

香四郎が川舟の人となったとき、陽はもう落ちきっていた。

舳先《へさき》に提灯《ちょうちん》が吊るされたが、北風に揺れ動き、火が消えそうになってはまた点《とも》ったりを繰り返した。


歩けば二里半の夜道だが、川舟は上りでも半刻《はんとき》ほどで中瀬河岸に着いた。

飛びおりるようにして下船すると、河十とある半纏《はんてん》をひっかけた男が、香四郎を見て頭を下げてきた。

「お待ち申しておりました。峰近さま、うちの十郎左衛門がこちらへと」

低い声ながら、はっきりしたことばに重大さが秘められているようで、香四郎は黙って随《したが》った。

河岸の大通りにある問屋は、どこにも灯《あか》りが点り、一日の帳尻あわせをしていた。小僧の読み上げる声に、算盤の弾かれる音がつづく。

ひときわ大きな河十の表口には、煌々《こうこう》と灯りが点っていた。

「旦那。峰近さまがお見えです」

ことばの終わらない内に、主人の十郎左衛門が長軀《ちょうく》を折って、待っていたとばかりに香四郎を迎えてきた。

「河十どの、わたしが舞い戻ると知っておられたのか」

「詳しい話は、中で」

中といっても座敷へ上げるのではなく、奥へつづく土間へと、河十は先に立った。

薄暗いところを進み、内納屋《うちなや》のような二十畳ばかりの荷置場に、莚《むしろ》が敷かれてある。

「――――」

莚の上に一対の生き物を見留めた香四郎は、息を呑んだ。

生き物と分かったのは、わずかに動いたからで、声ひとつ掛けられずに立ち竦《すく》んでしまったのは、出家した三兄と義姉のふたりだったからである。

「お探しのお品に、まちがいないようでございますな」

「どうしてこちらへ」

「近在の騒動の多くは、役所より先に当家へ持ち込まれます」

兇状《きょうじょう》もちの無宿人から失せ人《うせびと》まで、中瀬の河十を通すことで無難な決着をみるとされているようだった。あちこちの騒ぎを早舟がもたらしてくれたからと、河十は出奔した二人を見つめながらつぶやいた。

「一つ、うかがいたい。なにゆえ話だけでなく、当人までがここへ運ばれたのか」

「河岸には水夫《かこ》から人足《にんそく》まで、大勢が働いております。おっつけ、連中の遊びとなれば女か博打。この度は、博打のほうでした……」

「博打とは」

寺社奉行からの示達《したつ》、出家の男女が足利より出奔したとの話は耳に届いていた。もう一つ、二人を見つけて取手の小堀河岸まで届けた者に二両の褒美があるとの話も聞いたと言って、河十はことばを継いだ。

「博打の負けが込んでいた船頭どもが、二両もの大金に目の色を変えないはずはございません。荷のない舟を、野州足利に近いところへ一斉に漕ぎ出しました」

中瀬河岸からだけでも、五艘《そう》あったと河十は笑った。

運がよかったのか、頭巾を被ったそれらしい男女を乗せたのは、中瀬の者だった。

そのまま取手へ漕ぎ下れば二両を一人占めできるのだが、近くにいた船頭たちは納得しない。

「連中はいつものことですが、山分けにしろと喧嘩沙汰《ざた》となって収まりがつかず、ひとまず中瀬に戻り、この河十の裁定を仰《あお》ごうとなったわけでございます」

十郎左衛門は五両を出し、五人に一両ずつ頒《わ》け与えたのである。

憔悴《しょうすい》しきった二人に尋常ならざる様子を見て、十郎左衛門は食事を与え、少しずつ話を聞き出した。

儀徳《ぎとく》と名乗る禅僧は旗本の三男、浄春《じょうしゅん》という尼はその義姉と言った。

駈落ちかと問うと、二人とも真顔でちがうと答えた。

「その内に、旗本の家名が珍しい峰近と分かりまして、早晩あなた様がおいでになるだろうと、待っておったわけでございます」

「助かりました。礼を申す」

香四郎が頭を下げると、あとは任せましょうと河十は納屋を出ていった。

三

広い土間に正座するのは、十年ぶりに見る三兄の儀《ぎ》三郎《さぶろう》と、この春に峰近家を去っていった義姉のるいだった。

「………」

目を交しあったものの、互いにことばを出せないでいた。

なにを訊けばいいというのだ。

出家した男と女があらぬ仲となり、それを知った水戸藩の者が、天下の砲術家を引き寄せんと策を弄《ろう》した末の結果だった。

ともに、肉欲に飢えていたのである。

「左様な恥ずかしい仕儀が、峰近家の名を汚し、この香四郎のお役目に差障《さしさわ》りをもたらせたのです」

なんぞと、言えるわけがなかった。

長兄の死がずっと早ければ、儀三郎は還俗《げんぞく》して兄嫁るいと一緒になり、峰近の家を継いでいたかもしれないのだ。

見ると、兄嫁はもう尼ではなく、三十年増そのものとなっていた。

肩より上で切られた髪は逃げ疲れで乱れ、香四郎の知る兄嫁るいではなかった。着ている物もまた、法衣《ほうえ》とは思えないほど泥にまみれ、見るに堪えない姿を晒《さら》していた。

ほんの一年ばかりだからか、身はやつれて見えなかった。

三兄の儀三郎のほうは、痩せが目立つ頰と尖りぎみの肩が痛々しく思えたものの、こちらも疲労困憊《こんぱい》ぶりがうかがえないのだ。

——精気とやらが、男と女の中に芽生えたゆえだろうか……。

あらぬところへ若やいだ理由をもった香四郎である。

無言がしばらくつづいたことに、しびれを切らしたのは儀三郎だった。

「迷惑をかけたな。済まぬ、このとおりだ」

頭を下げられ、香四郎は自分が立ったままでいることに気づき、膝を折った。

「いいえ。運よく手助けがあり、お役目の失態は見ずに済みそうです」

「なれば良い。われらも、寺に戻れる」

「…………」

寺に戻るつもりだと聞き、香四郎は呆《あき》れた。

女犯《にょぼん》をした破戒僧が、どの面《つら》さげて元の鞘《さや》の納まれるというのか。

香四郎は浄春尼を見つめて、どうなさいますかと目で問い掛けた。

「儀徳さまは殿御《とのご》ゆえよいかもしれません。しかし尼僧のわたくしは、戻りづらいと思っております」

「なれば、どうなさいますか」

「騙されたのは、わたくしの浅知恵ゆえのこと。死して詫びるのが、武家女の道です」

「――。騙されたと、申されてか」

亡夫の弟に色仕掛けで、たらし込まれたと言い張る女に、香四郎は砂を噛むような味の悪さをおぼえた。

――この期《ご》に及んで、まだ貞操を言い立てるか。

香四郎は兄を見つめた。

が、言い返すのでも、苦々しい顔をすることもできなかった。

――兄は、兄嫁の尼を、無理やり犯したのか……。

儀三郎が重い口を開いた。

「姉上と出会う昨日まで、わたしも騙されていたと気づけなかった。葵の紋に」

「葵紋に」

「うむ。香四郎おまえが江戸で不始末をしでかし、逃げたと言われた。徳川さまの家紋の駕籠《かご》で、乗りつけてきたのだ」

疑えるわけなどないと、儀三郎はため息をついた。

「わたくしも、同じだったのです。不始末をし出奔《しゅっぽん》した弟が、儀徳さまの寺に逃げ込んでくるやもしれぬと、半ば脅されて……」

浄春尼は聞くとすぐ、同じ足利にある禅寺へ駈けつけ、香四郎が逃げ込んでくるはずだと儀徳へ伝えたのだった。

ところが、そのときどこからともなく「女犯みつけたり」の声が上がったという。

「慌てるも慌てないも、わたしは裸足のまま、姉上をつれて逃げた。言いわけなど通じぬところが、寺なのだ……」

「待ってください。わたしは寺社奉行からの書付《かきつけ》で、お二人が手に手を取って出奔したと――」

「香四郎、おまえも騙されたな」

「…………」

まちがいなく、すべて水戸藩の一派による仕掛けなのだろうが、香四郎は目の前の二人が清い仲であると思いもしなかったことを、大いに恥じた。

「分かりました。寺社奉行へ、お二人が寺へ還れるよう掛けあってみましょう」

「香四郎さん。それは無用です」

るいの落ち着いて若々しい顔《かんばせ》が花のように輝き、首をふって見せた。

なぜかと問い返すつもりが、香四郎はことばを呑み込んだ。

儀三郎とるいの手が、きつく握りあわさっていたからである。

二十二でしかない香四郎に、三十半ばになる男と女の綾《あや》の危うさは難しすぎるようだった。


河十の離座敷が、香四郎の宿となった晩である。

兄と兄嫁は、それと異なる別棟に夫婦者の客分として、湯に入り床をとってもらっていた。

香四郎の気懸りは、二人が心中を選ぶのではということだった。

武家に生まれた者なら、還俗することは恥辱にほかならない。ましてや江戸に戻ったところで、峰近家の居候《いそうろう》になるほかないのだ。

食べさせることは香四郎にできるが、二人の矜持《きょうじ》がそれをよしとするはずはなかろう。

――やはり死ぬ。

いても立ってもいられず、香四郎は別棟へ向かおうと離座敷を出たところに、十郎左衛門が立ちふさがった。

「峰近さま。お話がございます」

「いや、その前に兄たちの様子を見ておかねば」

「心中をなさると」

「そうだ」

笑われた香四郎に、十郎左衛門は男親のような口をきいた。

「あの二人をお見受けする限り、生気に満ちております。膳を前にしての箸使いひとつでも、死ぬつもりか生き抜くかは知れるものですよ」

「しかし、万が一という――」

「野暮にすぎましょう。今ごろは床の中で、睦みあっておるはず。峰近さまとて、同じ仕儀になるのではありませんか」

邪魔をするなと、諫《いさ》められてしまった。

「左様なものですか……」

ことばつきまで下手《したて》になる香四郎に、河十は片手を上げてご勘弁をと笑ってきた。

「ところで、申し上げたい話があり、こうして参りましたのです。よろしいですか」

「遠慮など無用、中へ」

炭箱を持ち込んだ河十は火鉢に炭をくべながら、香四郎の知り得ない話をはじめた。


武州も秩父に近い中瀬あたりは、海の様子など知れないところと香四郎は思い込んでいた。

「川舟問屋とは、あらゆる物を扱います。近在で穫れる米から、房州で獲れた魚まで塩をふって運びます。当然ながら、川舟の船頭は海の漁師らと懇意なわけでして……」

漁師は沖に出ると、しばしば異国の黒船に遭遇する。それは江戸城でも知られていた。

河十の話は、ありきたりなものではなかった。その黒船が房州の入り江に小さな艀《はしけ》を送り込み、測量をしているというものだった。

「なにを測ってか」

「入り江の深さだそうです」

「――――」

まさかと香四郎が目を上げても、河十は動じることなくうなずいた。

取りも直さず深さを測るとは、黒船が寄港しようとしていることにほかならないのだ。江戸湾に入る前に、房総か上総《かずさ》あたりの湊《みなと》に上陸しようとしているにちがいあるまい。

信じ難いことに、その沿岸を見張っているはずの天領の代官所や諸藩は、それを見逃していると河十は付け加えた。

「このことを江戸に戻ってすぐ、評定所にて公《おおやけ》にしていただきたいと存じます」

「分かった。南町の遠山さまへ、具申いたそう」

「いいえ。幕閣お歴々方の揃った中で、申していただきたいのです」

「私は留役《とめやく》の、下役にすぎぬ」

「留役は現場の声を、建議できるお立場のはず。幕府評定の場で口を開けば、様々な反応が見えて参りますぞ」

「…………」

周囲にある者、とりわけ上にいる者から嫌われまいとしていた香四郎に、思うところが生まれた。

葵の紋に翻弄《ほんろう》された兄たちが、勇気をくれたのだが、香四郎は気づいていない。

「もう一つございます。峰近さまも別棟のお二人も、水戸さまの一派に難なく嵌《は》められました。高島秋帆先生の争奪をめぐってのことでありましょうが、水戸徳川家に限らず、天下が二分されては関ヶ原を見るどころか、異国の侵略を招きましょう」

「商家にある河十どのが、天下を思うと」

「はい。百姓や漁師あっての、商人《あきんど》であり武家ではございませんか」

「――――」

太刀打ちできない問答となって、香四郎は穴があれば入りたくなった。

六十余州どこにあろうと、一流の人物は天下万民を念頭におけるのである。またしても部屋住《へやずみ》の幸運児でしかなかった自分の狭量さを恥じた。

――いったい、おれはなんなのだ。空《うつ》けでしかない木偶《でく》の坊《ぼう》か……。

日々食べることで精いっぱいの者が生きている一方、眼の前にいる十郎左衛門のように武州の地にありながら遠い異国のことにまで手を貸そうとする者がいる。天下は、それで廻っている。その輪の中に、香四郎は入っていなかった。

「いかがされました。炭が足りませんようなら持って参りますが」

「十分に足りております。エゲレスの阿片《あへん》侵略を考えておっただけ……」

香四郎は自分の至らなさを、清国が強引に開港を認めざるを得なくなってしまった戦《いく》さに重ねることで逃げた。

「そのとおりです。異国を侮《あなど》ることは、わが国の民百姓を奴婢《ぬひ》に貶《おとし》めかねません。にもかかわらず、水戸の烈公《れっこう》さまは無二《むに》念《ねん》打払令を復活させよと申されておられます」

攘夷の先頭に立つ水戸の斉昭《なりあき》は、幕閣にいるものにとって厄介者だった。

徳川御三家にあって、最も名高い水戸光圀《みつくに》公の再来と煽《おだ》てたのは誰ぞと嘆く者が大勢いた。

この春から旗本となった香四郎であれば、去年謹慎隠居を命じられた斉昭を見たこともないのである。

「その斉昭公を担ぐ藩士らの一派によって、迷惑をこうむったことは明白だ」

香四郎の義憤に河十は小首を傾《かし》げ、火鉢に炙《あぶ》っていた手を膝に置いた。

「烈公さま一派となりますと、急進派とされる側ですが、まちがいございませんか」

「ちがうと申されるか」

「甥《おい》の繁忠は、急進派と門閥派どちらにも肩入れをしておりませんが、秋帆どのを欲しがっているのは両派とも同じだと申しておりました」

「繁忠どのが刃《やいば》を交わした相手は、どちらか分からないということですか」

「はい。命知らずとは申しませんが、命じられるがまま襲ってくるような侍は、みな部屋住の次男や三男。手柄を上げることで、御役にありつこうとする連中ゆえ、繁忠は知らぬ者ばかりだったと笑っていたほどです」

「そうでしたか」

香四郎は急進と門閥のどちらかを知るよりも、部屋住の侍のあり方のほうが耳に痛かった。

――一つちがえば、わたしも……。

考えるまでもなかろう。若いうちならまだしも、三十をすぎた部屋住ほど居心地のわるい立場はないとされていた。

三十歳を境に、養子先が閉ざされる。家長である兄の子は成長し、無駄飯くいとの目を向けてくるのだ。

文武ともに秀《ひい》でたところがない部屋住にとって、妻も迎えられず朽《く》ち果てるのかとの恐怖は、たとえようもないはずだった。

「いずれにしても、葵の御紋であれば水戸以外には考えられませんでしょう。話は飛びますが、峰近さまは伝馬町《でんまちょう》の牢《ろう》に押し込められたと、これも甥から聞いたのですが、幕府にはなかなかの人材がおられますようで」

「人材、ですか。火盗改《かとうあらため》があらぬ嫌疑をかけ、わたしを無理やり――」

「しかし、秋帆どのと接することができたのではございませんか」

「結果を申すなら、そうなりますが……。火盗改のやり口は、いくらなんでも」

「火盗改の頭目は水野采女《うねめ》さま。当地へもときどきやって来られる切れ者で、関八州を股にかけて働いていると評判です。峰近さまを秋帆どのに近づけるため、窮余《きゆうよ》の策を講じられたのでしょう」

「――」

知らなかった。という以上に、香四郎は気づけないでいた。

さらに考えてみると、床下《ゆかした》の火薬《ひぐすり》をいつまでも置いておくなとの警告も含まれていたにちがいなかった。

用人をはじめとする峰近家の者たちが、香四郎が留守のあいだに花火師鍵屋《かぎや》へ運んでいなかったなら、旗本家断絶はまちがいなかったろう。

すべては峰近香四郎の器量を確かめるための、策略だったのだ。

踊らされていたことさえ気づけないでいた香四郎は、火鉢の中で燃えつづける炭を見るだけだった。

「別棟のお二人の、この先ですが」

河十の口調が変わり、香四郎は顔を上げて答えた。

「騙されたと言い募っても、謀《はか》られた迂闊《うかつ》さを問われるはず。寺へは、とても戻れまい……」

「もとより、お二人に戻るつもりはないようです。と申して、峰近家の厄介者になるつもりもないでしょう。一度は世捨て人となられた身ゆえ、町人にと考えました」

「町人に——」

香四郎は唸《うな》った。

兄の儀三郎はよいとしても、兄嫁るいは生まれたときから武家にありつづけた身である。あまりに難しいと問い返した。

「この河十に明言はできませんものの、尼さまに女の覚悟を見た気がしております」

「男の覚悟ほどではないということですか」

「なにを仰《おお》せです。女の覚悟は、男のそれに倍しますよ」

笑われた。

言い古された思い込みほどまちがったものはないと、河十は燃え盛る炭を突き崩した。

　赤々と焼けていた炭が、白くなって灰にまみれた。

「して、河十どのは兄たちをどのようになされるつもりか」

「上州高崎の城下に、わたくしの息が掛かっている川舟問屋がございます。そこには腕のよい番頭もおり、ひとまず雇われ主人ということでと考えました」

「一から十まで、ご面倒を掛けることになった。なにもできぬ峰近を、笑ってくれ」

「なにを仰せでございます。出家なされたお武家さまへ町人になれと申すのは、峰近さまのお役目。なにぶん、よろしくと申し上げます」

河田屋十郎左衛門は、火鉢の五徳《ごとく》に鉄瓶を載せると出ていった。

寝つけないかと案じた香四郎だが、おのれの盆暗《ぼんくら》ぶりに頰が火照《ほて》り、かえって寒さを感じることなく眠りこけてしまった。

四

ことのほか寒さが身にしみる朝となっていた。

「初雪となりましてございます」

あらわれた女中が、顔を洗う盥《たらい》を手にあらわれた。

盥から湯気が立って、田舎女中の赤い頰がぼやけて見えた。思ったより、年増《としま》だった。

これも騙しの一つかと、可笑《おか》しくなった。

女中のほうは、なにを笑われたか分からないようだ。しかし、剃刀《かみそり》を手に待っていた。

月代《さかやき》と髭《ひげ》をあたってもらいながら、兄たちに町人となって働いてみないかと言えるかと、香四郎は考えた。

そこへ兄たち二人が顔を出してきたことにおどろいた。

「おはようございます。兄上」

「香四郎。そのままでよい」

あらわれた儀三郎の顔が、晴れやかであることが信じられなかった。

儀三郎の背ごしに控える兄嫁にいたっては、目を瞠《みは》ってしまうほど艶《つや》やかな女ぶりを見せていた。

心中はしないとの河十の推測は、当たった。しかし、町人身分になってほしいと仕向けることは、別の話だ。

一夜を死ぬ気で睦んでいたであろう二人とも、とても三十すぎには思えないほど若やいで見えた。

「香四郎とはもう、今日を限りとなるゆえ別れをと参った」

「わたしのほうより、参りましたのに」

「そうはゆかぬ。おまえは旗本、わたしらは人別帳《にんべつちょう》から外れる身だ」

口ぶりは深刻そうだが、兄の顔は爽快さをうかがわせてきた。

「外れると申されましたが、住むところの当てなり、働き口が見つかりますでしょうか」

「どこかにはあろう。人外《にんがい》の者なれば」

「――――」

人外のことばが、香四郎を仰天させた。

「兄上と姉上にうかがいます。汗にまみれ、上州高崎の河岸《かし》問屋で働くつもりはございませんか」

遠まわしは無用と、香四郎は兄の顔を見つめて言ったところ、返事は姉の口から発せられた。

「同じまみれるのならば、涙より血のほうがましです」

るいは、泣き暮らすくらいなら、死んだほうがいいと言い切った。

刃物の上を歩くと言った新妻いまと、同じ覚悟を見せる清々《すがすが》しい目になっていた。

町人になることも、額に汗することも厭《いと》わないというのである。

話は早かった。

香四郎が十郎左衛門に伝えると、河十の店の者たちまでが顔を和《なご》ませた。

河十の表口に早飛脚が、挟箱《はさみばこ》に納められていた物を店の上《あが》り框《がまち》に置き、こちらへ逗留《とうりゅう》の峰近様と仰言《おつしや》るお方へと伝えていった。

中を開けると、老中阿部伊勢守からの下達で、海岸防禦御用掛並《ぼうぎょごようかかりなみ》を命ずと記されていた。

俗に海防掛《かいぼうがかり》と呼ばれ、今年から常設の役職となっていた。異国船の出没を鑑《かんが》みつつ沿岸の防御を計るのだが、人材登用の最終到達点とも言われている。

御用掛並とあるからには控役《ひかえやく》であるが、香四郎はその一人となったことになったのだ。

出世にはちがいないものの、あまりに荷が重そうなことは想像できた。

「峰近さま、おめでとうございます」

「海防は、あまりに縁遠い御役目である」

「この河十もとなりますが、江戸の加太屋《かぶとや》さんらは大いなる手助けをしてくださいましょう」

「情けない幕臣だな、香四郎」

声の主は、儀三郎だった。髪を覆う頭巾の夫婦《めおと》が、旅仕度であらわれた。

「――――」

見事なほど、若夫婦然に仕上がっていたことに、誰もが息を呑んだ。

とりわけ兄嫁るいの紅《べに》をのせた唇は、娘のようだった。

長兄に嫁ぎ十余年、辛いばかりの暮しを凌《しの》いできた末に咲いた花といえよう。

儀三郎のほうも、見ちがえるほどの男前である。昔から上背《うわぜい》があり肩幅もあったが、十年も僧侶修行に明け暮れていた身は細いものの、引き締まっていれば若々しく映るのだ。

にもかかわらず、柔和《にゅうわ》さが際立っていた。

不思議なことに二人とも、獣《けもの》に還った晩をすごしたはずなのに、清潔さにあふれて見えた。

「まもなく店を開けますゆえ、勝手口のほうに」

人目を憚《はばか》る旅立ちは、裏口が似合うようだ。

土間を抜け、天井の低い台所に店の者たちがあつまった。朝餉《あさげ》の片づけが済んだばかりで、鍋や釜、皿小鉢が逆さに置かれている。

水盃《みずさかずき》の必要がないほど、誰もが気軽な様子なのが有難かった。

河十の女中頭《がしら》が切火《きりび》を打つと、儀三郎がふり返って口を開いた。

「香四郎、おまえとは最後となろう。夢のようだ」

るいと目を見合わせ、見送る香四郎たちへ軽く頭を下げた。

十年来の癖になっているはずの合掌をしない兄に、男らしさを思った。

「すぐに上州となりますが、ここより寒うございます。ご健勝で」

「世話になった。と申すより、これから世話になります」

儀三郎のことばつきが変わり、夫婦して頭を下げ直した。

雪は止《や》んだが、風は強かった。

るいの被《かぶ》る笠が風で傾《かし》いだのを儀三郎が直したが、武家夫婦では考えられない睦まじさに、見送る女中たちが声を上げた。

「いいべね」

「羨《うらや》ましいだね」

河十の手代が河岸の船着場まで先導し、二人は川舟に乗り込んだ。

スルスルと白い一枚帆が上げられ、ゆっくりと動きだした。

「去る人あれば、来る人もございますな」

十郎左衛門は高島秋帆がまもなく来るはずと、つぶやいた。

西へ遡《さかのぼ》る舟には、改めて深々と頭を下げる二人が、東に昇った朝日に照らされ、芝居の幕切れのように映った。

まだ幼かったころ、兄の儀三郎に遊んでもらった記憶が、次々と甦《よみがえ》ってきた。

あれもこれも、どれもが笑いに包まれていたと……。

香四郎は、目に甘い涙が滲んでくるのをおぼえた。生まれて初めてのことだった。

コスミック・時代文庫

江戸《えど》っ子《こ》出《しゅつ》世《せ》侍《ざむらい》
葵紋の下命

2021年11月25日　初版発行

【著 者】
早瀬《はやせ》詠一郎《えいいちろう》

【発行者】
杉原葉子

【発 行】
株式会社コスミック出版
〒154-0002 東京都世田谷区下馬 6-15-4
代表　TEL.03(5432)7081
営業　TEL.03(5432)7084
FAX.03(5432)7088
編集　TEL.03(5432)7086
FAX.03(5432)7090

【ホームページ】
http://www.cosmicpub.com/

【振替口座】
00110-8-611382

【印刷／製本】
中央精版印刷株式会社

乱丁・落丁本は、小社へ直接お送り下さい。郵送料小社負担にてお取り替え致します。定価はカバーに表示してあります。

ISBN978-4-7747-6332-3 C0193